LAS MONSTRUOAMIGAS

LAS MONSTRUOAMIGAS
se la pasan de miedo

GITTY DANESHVARI

Ilustraciones de **Darko Dordevic**
Traducido por **Mercedes Núñez**

ALFAGUARA

ALFAGUARA M.R.

JUVENIL

www.librosalfaguarajuvenil.com

Título original: *Ghoulfriends Just Want to Have Fun*
D.R. © 2013, Mattel, Inc. All rights reserved. MONSTER HIGH and associated
    trademarks are owned by and used under license from Mattel, Inc.
D.R. © Del texto: 2013, Gitty Daneshvari
D.R. © De las ilustraciones (interior y cubierta): 2013, Darko Dordevic
D.R. © De la traducción: 2013, Mercedes Núñez
D.R. © Del diseño de cubierta: 2013, Steve Scott
D.R. © De la edición española:
    2013, Santillana Ediciones Generales, S. L.

De esta edición:
    D.R. © 2013, Santillana Ediciones Generales, S.A. de C.V.
    Av. Río Mixcoac 274, Col. Acacias
    C.P. 03240, México, D.F.

Alfaguara es un sello editorial de Prisa Ediciones.
Éstas son sus sedes:

ARGENTINA, BOLIVIA, CHILE, COLOMBIA, COSTA RICA, ECUADOR, EL SALVADOR, ESPA-
ÑA, ESTADOS UNIDOS, GUATEMALA, MÉXICO, PANAMÁ, PARAGUAY, PERÚ, PUERTO RICO,
REPÚBLICA DOMINICANA, URUGUAY Y VENEZUELA.

Primera edición: abril de 2013

ISBN: 978-607-11-2683-2

Maquetación: Javier Barbado

Impreso en México

Esta obra se terminó de imprimir en abril de 2013
en los talleres de Litográfica Ingramex, S.A. de C.V.,
Centeno 162-1, Col. Granjas Esmeralda,
C.P. 09810 México, D.F.

PRISA EDICIONES

Para los monstruos más
nuevos de Brooklyn,
Ronan y Emmet

Sé tú misma
SÉ ÚNICA

CAPÍTULO
uno

ibre del más mínimo rastro de nubes, una enorme reja de hierro forjado relucía intensamente bajo el sol. En el panorama desierto reinaba una inmovilidad inquietante, con la excepción de unos cuantos hilos de araña de aspecto sedoso que aleteaban en torno a las altas y esbeltas barras negras. En la distancia, tras la reja, se alzaba la fachada de Monster High, de estilo gótico y cuajada de ventanas. Y aunque todo mantenía la apariencia alegre y resplandeciente de siempre, algo siniestro flotaba en el aire, algo que indicaba asuntos por terminar.

Tres sombras se acercaron a paso lento hasta la reja, alterando al instante el solitario paisaje. Distorsionados por el sol, los respectivos torsos y extremidades adquirían intermitentemente la apariencia de las caricaturas propias de los espejos deformantes. Un brazo largo y nervudo se separó del grupo, se dirigió a la reja y envolvió con fuerza cinco dedos alrededor de las barras.

—¡Ay! —gritó Venus McFlytrap apartando la mano de la reja a toda velocidad—. ¿Puede alguien explicarme por qué hemos venido tan temprano? Mis vides ni siquiera se han despertado —refunfuñó con un brote de irritación antes de reprimir un bostezo.

Entonces, la hija de piel esmeralda del monstruo de las plantas cubrió con su larga melena de rayas fucsias y verdes a Ñamñam, su mascota, una planta carnívora. Como si de una cortina se tratara, la protegió del sol abrasador.

—Pobrecilla. Creo que se le están marchitando las hojas —comentó Venus mientras observaba con ternura cómo Ñamñam atrapaba entre sus fauces un mosquito que pasaba por allí—. Bueno, al menos el calor no le ha quitado el apetito.

—*C'est très important* para mí no inducir a error a nadie. Por lo tanto, me gustaría prologar mi exposición recordándote que no soy una botánica ni una horticultora experimentada —explicó Rochelle Goyle con gran ceremonia y con su encantador acento francés.

—¿Hablas en serio, Rochelle? —replicó Venus al tiempo que ponía los ojos en blanco—. Las probabilidades de que te tome por una botánica o una horticultora son exactamente cero. De hecho, menos aun que cero.

—En ese caso, perfecto. ¿Has pensado en aplicar crema hidro-escalofriante con protección solar en las hojas de Ñam? Me parece que un factor treinta le vendría de maravilla. Si yo no estuviera tallada en granito, me la pondría sin dudarlo.

Aunque estaba hecha de piedra, Rochelle era una gárgola sorprendentemente delicada, con pequeñas alas que le llegaban hasta poco más arriba de los hombros. Y como buena experta en cuestiones de estilo, siempre encontraba nuevas e ingeniosas formas de usar los accesorios. Aquel día en particular se había recogido su pelo rosa con mechas turquesa en un moño, sujetándolo con una mascada amarilla de Horrormés.

—¡Madre mía! Hoy me siento más que nunca como un murciélago sobre un tejado de zinc caliente. ¡Hace un calor humeante! —exclamó Robecca Steam, la chica de melena azul y negra, con su habitual tono exagerado.

—Técnicamente hablando, en realidad no humea en absoluto —declaró Rochelle con autoridad antes de elevar las cejas—. Creía que tú, más que ninguna otra monstrua, deberías saberlo.

Fabricada a partir de una máquina de vapor por su padre, el científico loco Hexicah Steam, Robecca estaba chapada con cobre y contaba con tornillos y engranajes.

Aunque la habían construido siglos atrás, había permanecido desmantelada durante mucho tiempo y hacía poco que la habían vuelto a ensamblar. Pero no se notaba en lo más mínimo: Robecca era absolutamente perfecta o, mejor dicho, *casi* perfecta. Por culpa de un reloj interno de lo menos fiable, era incapaz de llegar a tiempo a cualquier sitio. Así que sus amigas tenían que encargarse de que fuera puntual o, al menos, de que tuviera una ligera idea sobre el paso del tiempo.

—Rochelle, no quiero ser una piedra en el zapato, pero ¿por qué nos has traído aquí tan temprano? Es casi como si hubiéramos puesto la hora a cargo de *ya sabes quién* —dijo Venus mientras señalaba sin disimulo en dirección a Robecca.

—¡Tornillos desatornillados! ¡Yo soy *ya sabes quién*! Siempre he querido ser una *ya sabes quién* porque, como es bien sabido, ¡todo el mundo que es importante es un *ya sabes quién*! —parloteó Robecca con euforia.

Acto seguido, la joven chapada con cobre accionó sus botas propulsoras y ejecutó en el aire una vertiginosa pirueta hacia atrás.

—Robecca, no creo que eso justifique una celebración —declaró Venus con sequedad mientras volvía a mirar a Rochelle—. Y ¿bien?

—Estoy de acuerdo: las acrobacias aéreas pueden ser *très périlleux*. En consecuencia, sugiero que te abstengas de hacerlas a no ser que resulte absolutamente necesario.

—¡Rochelle, olvídate de las acrobacias aéreas de Robecca! ¿Cuál es el plan de esta mañana? ¿Por qué te has empeñado en que bajáramos aquí tan temprano? —espetó Venus mientras algo pasaba a toda velocidad entre sus botas de color rosa—. ¡Uggh, Gargui! Para un poco. Tu entusiasmo me empieza a molestar.

—Creo que va siendo hora de que Gargui se presente a las pruebas para el equipo de asustadoras. Mírala, tiene un don innato —bromeó Robecca con picardía en dirección a Rochelle.

Gargui, el grifo de gárgola hembra que Rochelle tenía como mascota, estaba permanentemente contenta, lo que en ocasiones resultaba un tanto molesto. Se diría que la pequeña criatura alada no era capaz de experimentar ninguna otra emoción. En muchos aspectos, era el polo opuesto al pingüino hembra mecánico de Robecca. Mientras que Gargui siempre se mostraba alegre, Penny siempre estaba de mal humor. Pues, claro, Robecca tenía la molesta costumbre de olvidarla por todas partes sin querer. Durante los últimos meses, había abandonado a Penny en los sitios más pintorescos: desde un baño público en el antro comercial al pasillo de alimentos congelados del supermercado, lugares que no podían considerarse el hábitat natural de un pingüino hembra mecánico.

—Rochelle, ¿vas a contarme el plan de una vez? —protestó Venus mientras empujaba hacia atrás sus vides para, con gesto teatral, consultar su reloj.

—El párrafo 6.8 del código ético de las gárgolas estipula, *en détail*, que una gárgola debe mantener su palabra en todo momento. Y les di mi palabra a Skelita Calaveras y a Jinafire Long de que sería la guía turística de ambas durante su primer día en Monster High.

—Entro en ebullición por las ganas de conocer a tus nuevas amigas. Si Venus y yo hubiéramos podido ir al viaje a Scaris, también serían amigas nuestras —zumbó Robecca al tiempo que se giraba para mirar a Penny, cuya aleta izquierda emitía un leve chirrido al moverse—. Para mí que ha llegado la hora de llevar a cierto animalillo a Lubricante y Tan Campante para un cambio de aceite.

Mientras el sol seguía brillando con intensidad, las tres monstruoamigas se sumieron temporalmente en un silencio y sus respectivas mentes empezaron a vagar pensando en lo mucho que tenían por delante. Lo primero, la emoción de ver a los viejos amigos; después, las tareas escolares a las que tendrían que enfrentarse; y finalmente, el asunto del susurro de monstruos, aún sin aclarar.

Nunca partidaria de ocultar sus opiniones, Robecca pegó un brusco chillido, rasgando el silencio.

—¡Uggh! ¡No puedo dejar de pensar en la advertencia del *signore* Vitriola! ¿Piensan que tenía razón? ¿Acaso los culpables del susurro regresarán pronto? Ay, ¡la sola idea va a reventarme una válvula de estanqueidad!

—Robecca, *si'l vudú plaît,* una válvula de estanqueidad no debe reventarse a una hora tan temprana. Aunque comprendo cómo te sientes. Ciertamente fueron unos días complicados, en los que ni alumnos ni profesores podían pensar por sí mismos —recordó Rochelle con tono sombrío.

—A ver, chicas, que no se enteraron. No se trata de si los culpables volverán; de lo que se trata es de si alguna vez se marcharon —declaró Venus rotundamente.

—¿Te refieres a la señorita Alada? —preguntó Rochelle a Venus mientras acunaba a Gargui en sus brazos, para gran deleite de la criaturita.

—No termino de creer la historia de la señorita Alada. Reconocerán que resulta de lo más sospechoso. Afirma que ella también era víctima de un hechizo, con lo que se libra de toda responsabilidad respecto al lavado de cerebro en Monster High —repuso Venus con un brote agudo de sospecha.

—Pero ¿qué me dices de la reacción de la señorita Alada cuando se enteró de lo que había hecho? Se quedó consternada —le recordó Robecca.

—¡Sí, claro! Estaba actuando —se mofó Venus al tiempo que sacudía la cabeza por la ingenuidad de su monstruoamiga.

—¡Tuercas y tornillos! Si eso es verdad, es una actriz impresionante. ¡Puede que mejor que Jennifer Lóbez! —exclamó Robecca, estupefacta.

—Por ahora es imposible saber exactamente si la señorita Alada estaba, en efecto, detrás del susurro o simplemente fue una víctima más. Y por esa razón tenemos que mantener los ojos bien abiertos en todo momento. Excepto, claro está, si algún objeto contundente avanza en dirección a nuestra cabeza o si estamos durmiendo —aclaró Rochelle con entusiasmo mientras Venus y Robecca reprimían una carcajada.

—¡Eh, chicas! ¡Dicen que a quien madruga Dios le ayuda! —exclamó con su acento australiano Lagoona Blue, la criatura marina vestida con ropa informal, cuyo novio intermitente, Gil Webber, la seguía como pez en el agua.

—¡Lagoona! ¡Gil! —Venus, Robecca y Rochelle saludaron a la pareja afectuosamente, complacidas de que por fin hubiera llegado la hora de inicio de la jornada escolar.

—¡Buenos días, compañeras! —contestó Lagoona con efusividad—. Oye, Venus, ¿recibiste mi *e-mail* sobre la marea negra?

—¡Uggh! ¡Esos cretinos desconsiderados me ponen las raíces de punta! ¡Ojalá pudiera polinizarlos uno a uno! —resolló Venus, furiosa, pensando en lo útil que podría resultar su polen persuasivo a la hora de convencer a los codiciosos magnates del petróleo de que hay que respetar al océano.

—*Buu là là,* Venus —observó Rochelle—. No debes disgustarte tanto. Te estás poniendo roja, lo cual no es aconsejable para una chica verde como tú.

—Tiene razón, Rochelle. La única manera de ayudar al medio ambiente es mantener la calma y seguir nadando —convino Lagoona antes de que ella y Gil se unieran a un parsimonioso grupo de zombis camino a la entrada de Monster High.

—¡Bonita coleta, Rochelle! —exclamó una chica loba impecablemente peinada mientras pasaba junto al trío de amigas.

—*Merci beaucoup*, Clawdeen —respondió Rochelle, entusiasmada, al tiempo que daba unas palmaditas a su moño, aún sujeto con esmero con la mascada amarilla brillante.

—¡Chispas! ¿Le echaron un ojo a Clawdeen? El pelo, la ropa, los colmillos blancos como perlas… Esta chica es lo máximo; sí, es la bomba —musitó Robecca con tono pensativo mientras observaba cómo Clawdeen se alejaba con paso seguro sobre sus tenis púrpura con cuña.

—¿Alguien hablaba de *colmillos*? —preguntó con un guiño Draculaura, la hija de Drácula.

La chica de piel clara y pelo de rayas rosas y negras se llevó el popote de su licuado rico en hierro a la boca, perfectamente maquillada con brillo. Como vampira vegetariana, no tenía más remedio que complementar su dieta con licuados a base de hierro. Por fortuna, mucho tiempo atrás había aprendido a sorber sin estropear su lápiz labial.

—¡Hola, Draculaura! —gritó Robecca con tono alegre mientras Venus y Rochelle saludaban con la mano.

—Chicas —dijo Draculaura entornando los ojos a causa de la brillante luz—, me encantaría pararme a platicar, pero este sol no es para nada respetuoso con los vampiros.

—Cuéntamelo a mí. Mis tornillos están que arden —intervino Frankie Stein, la preciosa hija de piel verde de Frankenstein, mientras aparecía desde detrás de un hombre lobo que pasaba por allí.

—¡Guau, Frankie! Bonitas costuras —señaló Draculaura con un cabeceo de aprobación.

—Gracias. Tuve que pasarme la noche entera cosiendo, pero merecía la pena tener un aspecto electrizante el primer día de instituto —respondió Frankie mientras ella y Draculaura seguían juntas su camino en dirección a la entrada principal de Monster High.

—Ah, genial —ironizó Venus con un gemido—. Prepárense para hacer una reverencia. Se acerca Su Altiveza Real.

Ataviada con opulentas vendas doradas y un tocado de joyas relucientes, Cleo de Nile no pasaba desapercibida, sobre todo porque su novio, Deuce Gorgon, la seguía a corta distancia. El romance era prueba concluyente de la atracción entre polos opuestos. Y es que mientras que Cleo resultaba exigente hasta un punto extraordinario, por decirlo de manera amable, Deuce era un chico tranquilo y de trato fácil.

—Hola, Rochelle —saludó Deuce con tono afectuoso a la sonrojada gárgola, lo que provocó que una estampida de mariposas le recorriera el estómago—. Robecca, Venus, ¿qué tal, chicas?

—¡Deuce! Hoy el sol está impresionante, es decir, como yo —interrumpió Cleo agarrando a Deuce del brazo y tirando de él hacia delante—. Tenemos que entrar antes de que se me derritan las pestañas.

Segundos después de que la pareja se encontrara fuera del alcance del oído, Venus se giró hacia Rochelle con una ceja arqueada y una sonrisa de complicidad.

—¿Sigues enamorada de él?

—Como muy bien sabes, ya no salgo con Garrott Du-Roque; no obstante, tal circunstancia no altera el hecho de que Deuce sigue con Cleo sin lugar a dudas, y según el código ético de las gárgolas...

—Ahórrate la cita. Lo entendemos —interrumpió Venus mientras el cuerpo se le tensaba y las vides le empezaban a aletear al ver que se aproximaba una sinuosa chica felina de color naranja.

Toralei Stripe, con la cara rayada, orejas de punta y fama de ser la alumna más rebelde del instituto, avanzaba sin prisas hacia la reja de Monster High.

—¿Esa era Cleo? —ronroneó con una perfecta mezcla de crítica y desdén al tiempo que se apartaba un mechón de la mancha naranja oscuro que le rodeaba el ojo izquierdo—. Me ha parecido oler algo.

—A Cleo le encantan los perfumes. Dicen que tiene uno diferente para cada día de la semana —explicó Robecca con voz cantarina—. Es una lástima que yo no me pueda poner perfume. El vapor que suelto lo elimina al instante.

—En realidad me estaba refiriendo al olor a algo podrido, en plan: "caducado" —puntualizó Toralei a Robecca—. Vamos, chicas, ¿es que no lo saben? Las momias están putrefactas.

—Con palabras así, cualquiera se marchita —murmuró Venus para sus adentros, a todas luces conmocionada por los comentarios de la felina.

—Toralei, es mi deber como gárgola corregir la información errónea. Por lo tanto, debo decirte que las momias no están putrefactas, sino, por el contrario, perfectamente conservadas. En pocas palabras: Cleo no sufre deterioro ni descomposición —declaró Rochelle con destacado pragmatismo.

Toralei entrecerró los ojos y, lentamente, miró a la gárgola de arriba abajo, captando hasta el último detalle, desde sus zapatos plateados de punta abierta hasta sus brillantes mechones rosáceos.

—Ah, ahora lo entiendo —siseó Toralei—. Te has disfrazado de la señora Atiborraniños *a propósito*. Tengo que reconocer que la mascada es un bonito detalle.

Mientras Rochelle retrocedía por el horror y la humillación, Toralei agitó sus pequeñas orejas puntiagudas. Era una de las características más conocidas de la felina; lo hacía para felicitarse a sí misma cada vez que intimidaba a otro monstruo.

—¡Retuercas! Esto es más raro que una locomotora marcha atrás —susurró Robecca mientras Toralei se alejaba sigilosamente con una sonrisa de autosatisfacción.

—Pero ¿qué dices? Siempre hace lo mismo —replicó Venus con expresión perpleja.

—¡No, no me refiero a Toralei! Lo que me extraña es la normalidad con la que actúa todo el mundo. ¡Como si el incidente del lavado de cerebro se les hubiera olvidado por completo!

—¿Sabes qué, Robecca? Tienes toda la razón —reconoció Venus dirigiendo la vista a la multitud de alumnos que se encaminaban hacia la entrada principal de Monster High—. Míralos: zombis, hombres lobo, vampiros… Se les ve a todos tan relajados, sin que les quede la menor sospecha.

—Sí, aunque en honor a la verdad, no se acuerdan con tanto detalle como nosotras. Estaban atontados. Y sin recuerdos nítidos, lúcidos, seguir adelante les resulta mucho más sencillo —declaró con firmeza Rochelle.

—Bueno, pero seguir adelante… ¿hacia dónde? —preguntó Venus con una nota de solemnidad—. Lo que está por venir podría ser aún peor.

CAPÍTULO
dos

el inconfundible aroma a col guisada y a sudor anunció al instante la llegada de los troles. Aunque muy apreciados por sus habilidades a la hora de mantener el con*trol*, las robustas criaturas de rasgos deformes eran famosas por su carencia de higiene. El hedor que desprendían —sobre todo el de sus greñas, largas y grasientas— resultaba tan desagradable, tan nauseabundo, que en los escaparates de las peluquerías de la ciudad se habían colgado carteles que decían:

NO SE ADMITEN TROLES

Y aunque a los vecinos más ancianos aquello les recordaba la época en la que los monstruos eran clasificados por especies, nadie podía culpar a los peluqueros. Al fin y al cabo, los troles se lavaban el pelaje una vez al año como mucho, dos veces en el caso de que tuvieran una cita.

—¿Por qué no en instituto? —gruñó con acento extranjero un trol regordete, con una amplia variedad de verrugas y uñas peligrosamente mugrientas, dirigiéndose a Robecca, Rochelle y Venus.

—Guau, la verdad es que no hay nada como el olor de un trol —murmuró Venus por lo bajo.

—Disculpa, pero el timbre no ha sonado. Todavía no tenemos obligación de encontrarnos en el interior del instituto —respondió Rochelle con suma educación.

Justo a espaldas del trol se encontraba otra criatura de su especie, igualmente desaseada; pero esta soltaba pequeños chaparrones de saliva con cada sonoro aliento que daba. Al fijarse en la tan desafortunada rareza, Venus, Rochelle y Robecca dieron un amplio paso atrás, con la silenciosa promesa de informarse lo antes posible sobre el uso de pinzas de nariz y gafas protectoras.

—¡Hola, monstruas! —exclamó la señora Sangriéntez, la directora decapitada de cabello negro, mientras se dirigía hacia las alumnas a paso tranquilo—. ¡Bienvenidas! ¡Qué maravilla no solo poder verlas, sino también recordarlas!

—¿Quiere decir que ya no sufre el síndrome de mente confusa? —preguntó Robecca, emocionada.

—Yo contestaré esa pregunta, entidad no adulta —ladró la señorita Su Nami, delegada de desastres de Monster High, al tiempo que se dirigía de golpe hacia el grupo—. Aunque la directora Sangriéntez ha recuperado gran parte de su memoria, todavía sufre un alto grado de falta de atención. Pero, claro, nadie ha dicho que el golpe de un rayo resulte fácil.

—Sin embargo, por otra parte, dicen que un rayo nunca golpea dos veces en el mismo lugar —añadió la directora decapitada antes de separar sus gruesos labios rosas para esbozar una sonrisa que dejaba los dientes a la vista.

—Con el debido respeto, directora, limitándose a los hechos, tal información es incorrecta —aclaró Rochelle—. Un rayo puede golpear, y de hecho ha sucedido, dos veces a la misma persona. Y si bien las posibilidades son remotas, desde el punto de vista estadístico, sigue siendo posible.

Mientras Robecca y Venus intercambiaban miradas divertidas por la constante necesidad de su amiga de corregir a los demás, una cascada de agua les salpicó con fuerza en la cara. La señorita Su Nami, una mujer monstruo permanentemente anegada, había dado rienda suelta a su característica sacudida de perro, que ya había alcanzado tan mala fama. Al estilo de un perro de caza de pelo largo tras un chapuzón, la señorita Su Nami agitaba hasta el último centímetro de su robusta figura en un esfuerzo por dejar de inundarse. Tanta importancia tenía la expulsión del agua que la empapada mujer realizaba esa operación al menos tres veces por hora, para gran disgusto de cuantos la rodeaban.

—Monstruas, ¿qué hacen aún aquí fuera? Es el primer día del nuevo trimestre. No deberían llegar tarde, en absoluto —aconsejó la directora Sangriéntez al tiempo que se secaba las pequeñas gotas de agua que moteaban su rostro, profusamente maquillado.

—Por desgracia, no podemos entrar hasta que lleguen Jinafire y Skelita, las amigas de Rochelle —explicó Robecca. Mientras tanto, Penny y el trol que escupía saliva iniciaron una competición de miradas fijas que el pingüino hembra mecánico ganó con prontitud.

—Escuchen bien, entidades no adultas. Su información es errónea. Jinafire Long, la dragona de Vhampgái, y Skelita Calaveras, la *calaca* (o esqueleto) de Miédxico, llegaron a la residencia de estudiantes anoche a última hora, momento en el cual les asigné la cámara de Terrores y Estertores.

Al escuchar semejante noticia, Venus agitó la nariz nerviosamente según su polen persuasivo acechaba en su interior. Enojada en igual medida, Robecca soltó por las orejas volutas de vapor del tamaño de bolitas de algodón. Al percibir la extrema irritación de sus monstruoamigas, Rochelle desvió la vista, desesperada por esquivar sus feroces miradas acusatorias.

—*Je ne comprends pas!* ¡Teníamos un plan! ¡Se suponía que les iba a enseñar el instituto! —declaró Rochelle mientras, nerviosa, daba golpecitos sobre la reja de hierro forjado con sus garras arregladas de manera impecable.

—Rochelle, no te quiero molestar, pero ¿te importaría contarnos lo que te dijeron exactamente? —preguntó Robecca al tiempo que el vapor que emitía se iba deteniendo a tropezones.

—Cuando nos dijimos *au revoir* en el aullopuerto de Scaris, me contaron lo felices que se sentían por tener a alguien que pudiera enseñarles el funcionamiento de Monster High.

—¿Y...? —intervino Venus con un tono de lo menos amistoso.

—Y al pensar que tal actividad sería llevada a cabo a su llegada, como parece lógico, las hemos estado esperando pacientemente junto a la reja —explicó Rochelle con su habitual estilo comedido.

—Rochelle, no quiero ser grosera. Sin embargo... —empezó a decir Robecca.

—Robecca, ya me encargo yo. Me importa un pepino ser grosera. De hecho, en este caso, puede que hasta lo disfrute —afirmó Venus mientras se volvía en dirección a Rochelle—. Eso no puede, ni nunca podrá ser considerado como un *plan*. Jinafire y Skelita no lo consideraron un plan. Ni Robecca ni yo lo habríamos considerado un plan. Y ¿sabes por qué? ¡Porque no es un plan! —resopló la chica de piel verde estampando sus botas en el suelo de pura frustración.

—Entidades no adultas —gruñó a las tres amigas la señorita Su Nami—, en caso de que se les haya olvidado o no sepan leer el cartel situado a su izquierda, perder el tiempo está estrictamente prohibido.

—Por eso mismo contraté a la señorita Su Nami. ¡Las normas la vuelven loca! —exclamó la directora Sangriéntez haciendo señas a las monstruoamigas para que la siguieran hasta el instituto.

La visión de los suelos de Monster High, de cuadros púrpura, y los casilleros rosas con forma de ataúd aportaron a Robecca, Rochelle y Venus el cálido y acogedor sentimiento de regreso al hogar. A diferencia del trimestre anterior, ahora todo les resultaba familiar, hasta el enorme cartel que advertía de la estricta prohibición de aullar, mudar pelo, engullir extremidades y despertar a los murciélagos dormidos en los pasillos.

—Qué gusto volver —comentó Venus con una sonrisa mientras contemplaba el pasillo rebosante de toda clase imaginable de monstruos.

—Es verdad, y ahora confiemos en que siga siendo así —añadió Rochelle al tiempo que recogía a Gargui, que era demasiado pequeña para abrirse camino por sí misma entre la nutrida multitud de criaturas.

En un mar de monstruos que platicaban y reían, una voz monocorde y carente de emoción captó al instante el interés del trío. Se trataba, claro está, del perennemente apático señor Muerte.

—No me importa que desvíes la mirada mientras hablas conmigo. Es bien sabido que mi huesuda cara ha conducido a la depresión a muchos monstruos, yo mismo incluido. He ahí el motivo por el que regalé todos mis espejos a Cleo de Nile; al contrario que a mí, le encanta contemplarse —explicó entre gemidos el abatido orientador vocacional a un joven cabeza de calabaza que, a su lado, daba brincos en el pasillo.

—Rochelle, ¿tienes intención de retomar el cambio de *look* del señor Muerte? —preguntó Venus sin dejar de observar al monótono orientador vocacional, que se alejaba por el pasillo arrastrando sus zapatos marrones.

—Por desgracia, me he enterado de que el señor Muerte lleva la infelicidad en los huesos. Y aunque es maravilloso ayudar a alguien a convertirse en una versión mejorada de sí mismo, intentar cambiar su personalidad innata no lo es tanto —expuso Rochelle con filosofía mientras acariciaba suavemente la cabeza de Gargui.

—Creo que el hecho de que intentaras ayudarlo dice mucho de tu forma de ser —respondió Venus con amabilidad—. Y no lo olvides: el señor Muerte acabó consiguiendo un traje súper.

—*C'est vrai*, Frankie y Clawdeen hicieron un trabajo *vampitastique* con el traje —convino Rochelle.

Venus asintió con un gesto.

—Aunque fue una lástima que la primera vez que se lo puso fuera para una cita con esa dragona que le comió el coco a todo el mundo.

—Venus, aunque comparto muchas de tus sospechas sobre la señorita Alada, debes recordar que carecemos de pruebas en todos los sentidos —amonestó Rochelle a su amiga con suavidad—. Tendremos que esperar a ver qué pasa...

—¿Esperar a ver qué pasa? —repitió Robecca con nerviosismo—. ¿Ese es nuestro plan?

Rochelle y Venus se encogieron de hombros.

—Ese es nuestro plan —confirmó Venus.

onforme el trío de amigas avanzaba por el pasillo principal, un leve aroma a aceite de alta graduación atravesó la pequeña nariz cobriza de Robecca. Al instante recordó que su pingüino hembra mecánico necesitaba una revisión de urgencia.

—Chicas, me voy un momento a Lubricante y Tan Campante para que le cambien el aceite a Penny —anunció Robecca elevando la voz mientras Rochelle y Venus avanzaban a grandes pasos hacia la residencia de estudiantes.

El taller mecánico de Monster High, conocido con el nombre de Lubricante y Tan Campante, era una sala forrada de acero inoxidable dedicada a la revisión de toda clase de criaturas accionadas con mecanismos, que contaba con elevadores hidráulicos, equipos de lubricación de vanguardia y más variedad de aceites para engranajes que condimentos para ensalada en un bufet. Tras chocar contra una multitud de artilugios, derribar un bote de tuercas y gritar: «¡Ay, madre mía!» por lo menos tres veces, Robecca por fin encontró a una criatura mecánica bien lubricada, con extremidades chapadas con plata y overol manchado de grasa que emergió de la trastienda.

—¿En qué puedo ayudarte? —preguntó el hombre impulsado por pistones mientras utilizaba una uña a modo de palillo de dientes.

—Señor Borg, la aleta de Penny, mi pingüino hembra mecánico, rechina, y aunque a mí no me molesta en lo más mínimo, me doy cuenta de que a ella le está poniendo los tornillos de punta y, como sabe, eso no es nada bueno para estas criaturitas.

—Llámame Sid. A ver, lleva a la palmípeda al puesto de lubricación número siete mientras voy por mis gafas —respondió con tono despreocupado—. Solo tardaré unos minutos.

Sin perder un segundo, Robecca depositó a Penny en el puesto de lubricación número siete, le dio unas palmaditas en la cabeza y, acto seguido, empezó a curiosear por el taller mecánico. Durante el tiempo en que Robecca había permanecido desmontada había tenido lugar gran cantidad de avances, lo que le provocaba una enorme curiosidad por todo lo relacionado con la maquinaria.

Mientras se entretenía con un resplandeciente artilugio metálico, Robecca hizo una repentina pausa, abrumada por una sensación de lo más familiar. Se le hacía tarde. Estaba convencida. Aunque ignoraba por completo adónde tenía que ir. Lo único que sabía era que cada centímetro de su cuerpo, cubierto de planchas de cobre, le gritaba: «¡Llegas tarde!». De modo que sa lió de Lubricante y Tan Campante como alma que lleva el diablo, olvidando a Penny una vez más.

Tras surcar con éxito los pasillos abarrotados de criaturas, Rochelle y Venus llegaron a la desvencijada escalera de caracol rosa que conducía a la residencia de estudiantes de Monster High. Y aunque Rochelle mostraba el aspecto ágil y esbelto de cualquier otro monstruo, mientras ascendía por los peldaños no se podía negar su pesada constitución de granito.

—*Buu là là*! No puedo creer que no hayan reemplazado la escalera. Debe de violar al menos veinte normas de seguridad, por no mencionar las leyes del buen gusto —protestó Rochelle con un bufido en dirección a Venus mientras las bisagras de hierro rechinaban bajo sus pies.

—Vamos, Rochelle, las dos sabemos de lo que se trata en realidad: son los gritos que lanzan las escaleras cada vez que las pisas —respondió Venus con una sonrisa pícara.

—No tienes idea de lo difícil que resulta estar hecha de piedra; todo gruñe y gime bajo mis pies. No es precisamente un estímulo para la confianza en una misma —alegó Rochelle al llegar a lo alto de la escalera—. *Regardez!* La cortina es aún más espectracular que el trimestre pasado.

La cortina de tela de araña que colgaba al comienzo del pasillo de la residencia estaba tejida por un grupo de arañas negras del tamaño de una moneda. Y aunque siempre había resultado impresionante, ahora se veía mucho más suntuosa y elaborada que nunca.

—No me extraña que la cortina tenga un aspecto tan increíble. Hay el doble de arañas viviendo en el pasillo que el trimestre pasado —explicó Robecca al tiempo que subía los últimos peldaños para reunirse con sus compañeras de cuarto.

—¡Qué alivio! Me preocupaba la posibilidad de haber permitido que Ñamñam se alimentara más de la cuenta en el pasillo el trimestre pasado, ya me entiendes —declaró Venus mientras, con ademán travieso, sacudía la cabeza en dirección a la planta que tenía por mascota.

—Pues claro que te entendemos. Dejaste bien claro que Ñamñam se había comido buena parte de la población de arañas el trimestre pasado —replicó Rochelle con vehemencia para gran regocijo de Venus.

Mientras continuaban su camino por el pasillo de la residencia, se encontraron con muchos rostros conocidos, entre otros, los de Rose y Blanche Van Sangre, las vampiras cíngaras gemelas que tenían la fastidiosa tendencia a dormir en camas ajenas.

—Mira Blanche, son monstruas esas, ellas nunca distinguir a nosotras —dijo Rose mientras ella y su hermana se detenían para lanzar una mirada feroz a Robecca, Rochelle y Venus en el pasillo.

—¿Qué están, ciegas? Mis colmillos más blancos —declaró Rose con brusquedad.

—¡Y pelo mío más brillante! —vociferó Blanche con un nivel de decibelios inusualmente elevado.

—Guau, hermanitas, son aún más raras y desagradables de lo que recordaba —comentó Venus antes de dejar a un lado al dúo de tez pálida, seguida de Robecca y Rochelle.

—*¡Déjennos pasar! Queremos disfrutar y en Monster High arrasar, ¡se van a enterar!* —cantaron los cabeza de calabaza Sam, Marvin y James mientras atravesaban la residencia dando saltos y tirando de las correas de las ranas toro que tenían por mascotas.

—Igual los cabeza de calabaza piensan que viven en un musical, ¿no? Explicaría lo de cantar todo el tiempo —reflexionó Robecca en voz alta.

—No, yo creo que, sencillamente, les gusta molestar a todo el mundo —respondió Venus mientras Rochelle juntaba las manos y se apresuraba pasillo abajo.

—*Buu-jour!* ¡Skelita! ¡Jinafire! —gritó Rochelle, encantada, envolviendo en sus brazos a las monstruas más nuevas de Monster High.

Ataviada con ropa del Día de Muertos, Skelita tenía un estilo particular que consistía en una interesante mezcla de gótico y miedxicano tradicional. Su larga melena negra y naranja combinaba a la perfección con su colorido maquillaje de ojos y su minifalda de colores vivos. Tan exquisita como ella resultaba Jinafire, de piel dorada y cola larga, cuyo brillante pelo verde y negro azabache estaba adornado con un tocado de flores de lo más elaborado.

—Les presento a mis amigas Robecca y Venus. Y estas son mis otras amigas, Skelita y Jinafire —presentó Rochelle con tono afectuoso a ambas parejas de monstruas.

—¡Hola! Bienvenidas a Monster High —dijo Venus. Luego, Robecca añadió:

—Chicas, el insti les va a encantar. En serio, es la neta del planeta... Bueno, casi todo el tiempo...

—Para aclarar las cosas, aquí la pasarán increíble —explicó Rochelle con entusiasmo a Skelita y Jinafire, quienes sonrieron en respuesta.

—Híjole, chicas, qué relindo conocerlas —saludó Skelita con su acento miedxicano.

—*Ni hao* —saludó Jinafire al tiempo que efectuaba una leve reverencia—. Estoy muy emocionada por estar aquí. Los demás alumnos parecen muy simpáticos.

—¡Es verdad, manita! Freddie Tres Cabezas, Henry Jorobado, Vudú, los cabeza de calabaza, ¡todos son súperlindos! —clamó Skelita con entusiasmo.

—De hecho, estoy un poco preocupada por Vudú. Parece muy obsesionado con una monstruita llamada Frankie Stein —confesó Jinafire, y luego añadió—: No me parece que sea *jiankang* o, como dicen ustedes, sano, amar a alguien que no te corresponde.

Todo el mundo sabía que el muñeco de vudú de tamaño natural con botones por ojos, piel a retazos y agujas que le sobresalían del cuerpo no podía evitar estar enamorado de Frankie. Al fin y al cabo, ella era quien lo había fabricado.

—El amor no correspondido es una seria pérdida de tiempo —convino Venus con Jinafire.

—¡Uggh! ¡Tiempo! En serio, es un horror de palabra —afirmó Robecca mientras sus ojos examinaban el suelo con toda rapidez—. ¡Tornillos desatornillados! ¡No puedo creer que haya perdido a Penny otra vez!

—No la perdiste —intervino una voz suave—. La olvidaste en Lubricante y Tan Campante.

Parado tímidamente a espaldas de Robecca, con Penny de la mano, se encontraba el chico de un solo ojo y amabilidad extraordinaria conocido como Cy Clops.

—¡Ah, gracias, Cy! Como de costumbre, me has sacado del apuro —parloteó Robecca alegremente mientras lanzaba un afectuoso brazo de cobre alrededor de los hombros del chico. Acto seguido, se apartó con brusquedad—. Un momento, ¿qué hacías tú en Lubricante y Tan Campante? No eres un monstruo mecánico. Al menos, no lo eras el trimestre pasado. ¡Madre mía! ¿Es que te ha pasado algo? ¿Has tenido un accidente? ¡Qué espanto! Y no es que tener una pieza mecánica en el cuerpo sea lo que se dice el fin del mundo...

—No, no me ha pasado nada. Me acerqué a Lubricante y Tan Campante para buscarte —interrumpió Cy Clops con voz serena—. Pero ahora tengo que irme.

Sin más, el chico salió corriendo por el pasillo.

—Mi linda abuelita siempre dice que los tímidos son los mejores —declaró Skelita con tono travieso.

Mientras Robecca sonreía con coquetería, la joven monstrua miedxicana propinó un codazo a Jinafire y señaló su reloj.

—Lo siento *mucho,* pero Skelita y yo debemos marcharnos. Tenemos cita con la señorita Su Nami por el asunto de los casilleros; por cierto, me encanta que sean de color rosa —dijo Jinafire asintiendo educadamente con la cabeza—. *Zàijiàn.* Hasta luego.

—Que les vaya bonito, chicas —añadió Skelita con una nota de afecto.

En cuestión de segundos, tras la partida de las novatas, un hermoso espectáculo captó la atención de Robecca, Rochelle y Venus. Y es que, claro, la señorita Alada, con su traje púrpura de saco y pantalón, sus tacones vertiginosos, su cadena de perlas y su impecable cabello rojo sangre jamás pasaba inadvertida.

—Hola, alumnas. O ¿debería decir compañeras de residencia? —siseó la señorita Alada con suavidad.

—*Pardonnez-moi, madame* Alada. ¿Cómo ha dicho usted? —preguntó Rochelle a la exquisita hembra de dragón.

—Después de todo lo que sucedió el trimestre pasado, me ha parecido sensato quedarme en el instituto. Y, cosas del destino, ¡me han adjudicado la habitación que está justo al lado de la suya!

CAPÍTULO
cuatro

L a asamblea de inicio de trimestre con la directora Sangriéntez, la señorita Su Nami y el resto del personal resultó completamente normal y totalmente extraña al mismo tiempo. Fue de lo más común, incluso aburrida, en lo que concernía a las clases, actos sociales y otros asuntos parecidos. Sin embargo, lo que resultó chocante, insólito, fue que en ningún momento de la asamblea se mencionara el incidente del gran susurro. Se diría que el episodio completo se hubiera eliminado de la historia de Monster High.

Tras la brusca despedida por parte de la señorita Su Nami al final de la asamblea, el pasillo principal se

abarrotó de monstruas y monstruos que, emociona-
dos, consultaban los horarios de clase en sus respectivos iAtaúdes.

—Debo reconocer que alabo el re-
chazo de la directora Sangriéntez por
los horarios en papel. ¿Por qué matar
árboles cuando se puede enviar un *e-
mail* sin ningún problema? —reflexionó
Venus en voz alta con tono despreocupado mientras miraba su iAtaúd color fucsia.

—Sí, aunque dudo que la directora lo haga por motivos medioambientales. Parece mucho más probable
que, simplemente, le abrume la idea de seguir la pista
a tal cantidad de papeles, sobre todo teniendo en cuenta su síndrome de mente confusa —terció Rochelle.

—Sus iAtaúdes, por favor… —solicitó Robecca al
tiempo que arrebataba los teléfonos a sus amigas.

—Aún me cuesta creer que antes de que te desmon-
taran utilizaras una máquina de escribir y un murcié-

lago mensajero para tu correspondencia —comentó Venus sacudiendo la cabeza de un lado a otro sin dar crédito.

—De hecho, Venus, los murciélagos tienen una habilidad conocida como ecolocación que les permite utilizar las ondas de sonido para identificar la ubicación de criaturas y objetos. Esto los convierte en navegantes especialmente dotados —expuso Rochelle mientras Venus arqueaba las cejas.

—Perfecto, pero debes admitir que ir cargando con una pesada máquina de escribir tiene que ser una lata —prosiguió Venus al tiempo que Robecca examinaba los respectivos horarios de las tres amigas en los iAtaúdes.

—¡Chispas de chamusquina! Tenemos el mismo horario. Bueno, casi. Yo tengo Patinaje Laberíntico en vez de Deseducación Física.

—Genial, DF con el entrenador Igor —comentó Venus con sarcasmo y, acto seguido, suspiró.

—No estaría de más una inversión en tapones para los oídos. El entrenador Igor tiene una acusada tendencia a utilizar ese silbato —advirtió Rochelle mientras sonaba el primer timbre del nuevo trimestre, lo cual provocó que no pocos de los murciélagos que ocupaban el techo agitaran las alas en señal de protesta. Debido a sus oídos extraordinariamente sensibles, los murciélagos nunca habían sido partidarios de los timbres, sobre todo tras unas largas y tranquilas vacaciones.

—Vamos, monstruoamigas, no nos interesa llegar tarde a Catacumbing: el Arte de Excavar y Descubrir. Y no solo porque la impuntualidad vaya en contra de la política de Monster High. También está considerada como una grave falta de educación en el código ético de las gárgolas —indicó Rochelle a las otras dos.

—¿Son cosas mías, o eso de Catacumbing suena a cuando jugábamos en el cajón de arena de la guardería? —bromeó Venus mientras el trío iniciaba su camino por el pasillo.

—Sin lugar a dudas son cosas tuyas —afirmó Rochelle—. En realidad, en las catacumbas no hay arena.

A gran profundidad en el subsuelo de Monster High se encontraba una amplia colección de galerías forradas de piedra, conocidas como las catacumbas. Los pasajes tenuemente iluminados databan de un tiempo anterior a la estructura actual del instituto, si bien nadie conocía la fecha exacta. Lo único de lo que todo el mundo estaba seguro era de que, con el paso de los años, los monstruos habían adquirido la costumbre de esconder allá abajo reliquias y emblemas de su época. A tanta distancia subterránea se encontraban las catacumbas que, por cuestiones de eficacia, se había instalado un ascensor. Y aunque la ornamentada cabina de oro tallada con duendes medievales parecía datar de la era Paleozoica, se trataba, en realidad, de una adquisición relativamente reciente.

En el ascensor, inusualmente espacioso, cabían con facilidad los numerosos monstruos que se dirigían a la clase de Catacumbing: Frankie, Vudú, Draculaura, Cy, Skelita, Jinafire, Cleo, Toralei y, por descontado, Robecca, Rochelle y Venus.

—Es superelectrizante estar de vuelta en el instituto. Durante las vacaciones siempre echo de menos a todo el mundo —proclamó Frankie con tono alegre a Robecca, Rochelle y Venus durante el trayecto hacia abajo.

—Sí, aunque tienes que admitir que después del último trimestre, todos necesitábamos un descanso —repuso Venus con franqueza.

—¿A qué te refieres? ¿Es por todos esos deberes que nos puso el doctor Pezláez? Supongo que su lista de lecturas era bastante extensa, sí —admitió Frankie.

—Para mí que todo el mundo está como una cabra mecánica. ¿Por qué nadie se acuerda de cuando la señorita Alada tenía al instituto bajo su control? —preguntó Robecca a nadie en particular.

—Pues claro que me *acuerdo*. Es solo que no pienso en ello. A ver, ¿qué sentido tiene? Ya pasó —replicó Frankie mientras se encogía de hombros.

—Frankie, considero mi deber señalar que, hoy por hoy, no disponemos de pruebas aparentes de que el asunto haya pasado, o continuado —declaró Rochelle con una nota de autoridad.

—Mira a tu alrededor, Rochelle. La vida ha vuelto a la normalidad —terció Draculaura antes de echar hacia atrás una de sus coletas.

—Bueno, chicas, eso no significa que nos hayamos olvidado de lo que hicieron el trimestre pasado, para nada. Y como muestra de nuestro agradecimiento, queremos invitarlas a formar parte de la asociación Alondra Monstruosa —propuso Frankie con una sonrisa.

Venus, Robecca y Rochelle soltaron un grito al unísono, entusiasmadas por la invitación.

Y aunque las tres monstruoamigas seguían profundamente preocupadas por el futuro del instituto, no tenían más remedio que celebrar la buena nueva. A fin de cuentas, ser invitadas a unirse a la Alondra Monstruosa después de un único trimestre en Monster High suponía un gran honor. Creada por los fundadores del centro escolar, se trataba de una hermandad femenina dedicada al servicio de la comunidad y a fomentar la amistad de por vida entre los monstruos.

—*Oh, merci beaucoup!* Para mí es un gran honor formar parte de una organización con una historia tan ilustre —expuso educadamente Rochelle a Frankie, al tiempo que un largo y exagerado suspiro emanaba de los regios y altivos labios de Cleo de Nile.

—Se supone que la Alondra Monstruosa es una asociación exclusiva que *excluye* a la gente —gimió Cleo—. ¿Qué va a ser lo siguiente? ¿Vamos a admitir mascotas?

—Vamos, Cleo. ¿Por qué no nos dices lo que opinas de verdad? —replicó Venus con sarcasmo.

—En lo que a mí se refiere, el club perdió su exclusividad en el instante en que entró Cleo —resopló Toralei agitando las orejas y dirigiendo una sonrisa burlona a la momia, visiblemente agitada.

Cuando los ocupantes del ascensor empezaban a temer que estallara una guerra salvaje, las puertas se abrieron con lentitud. Ante ellos se alzaba una reja de hierro forjado con forma de corazón sobre la cual colgaba un antiguo rótulo de madera con un mensaje tallado a mano:

BIENVENIDOS A LAS GALERíAS SEPTENTRIONALES DE LAS CATACUMBAS, DONDE, OCULTO DE LA LUZ, BAJO LAS TINIEBLAS DE LA NOCHE, PODRíAN DESCUBRIR EL HALLAZGO MáS ESPELUZNANTE QUE JAMáS HAYA VISTO MONSTRUO ALGUNO.

Iluminadas por candelabros de pared de hierro forjado, las galerías septentrionales estaban forradas de suaves piedras grises que encajaban con la perfección de las piezas de un rompecabezas. Intrincadas esculturas de calaveras junto a retratos a tamaño natural de importantes monstruos históricos, pintados en color púrpura fluorescente, decoraban el conjunto de túneles, a primera vista interminable. Barandales con forma de gruesas cadenas negras colgaban, amenazantes, de las paredes, como si aprisionaran a los numerosos protagonistas de las pinturas.

El sendero de piedra débilmente iluminado serpenteaba, pasando por multitud de puntos de excavación —zonas designadas para desenterrar artefactos—, antes de conducir a la única aula de las catacumbas. La sala de paredes de piedra albergaba un estallido de color procedente de las sillas y los pupitres, pintados con tonos brillantes y fabricados con huesos de animales, rocas y ramas. En brusco contraste con el mobiliario rosa,

amarillo y rojo se encontraba un negro pizarrón, en el que alguien había garabateado:

BIENVENIDOS A CATACUMBING: EL ARTE DE EXCAVAR Y DESCUBRIR.

Al entrar en el aula, a Robecca los ojos se le cuajaron de lágrimas que al instante se tornaron en vapor. Desde el mismo momento en que salió del ascensor, había percibido una presencia innegable, una presencia que no sentía desde años atrás: la de su padre, Hexicah Steam.

—Robecca, ¿te encuentras bien? —susurró Venus en voz baja a su amiga, visiblemente afligida.

—Sé que ha pasado mucho tiempo, pero en las catacumbas vieron a mi padre por última vez —explicó Robecca mientras sus ojos seguían expulsando vapor—. No puedo evitar acordarme de él y preguntarme dónde estará…

—Pero ¡si yo creía que tu padre era normi! —exclamó Venus.

—Lo era, pero cuando desapareció estaba trabajando en repuestos mecánicos para órganos normis. De modo que ¿quién sabe? Puede que él mismo haya sido capaz de reemplazar sus propios órganos —elucubró Robecca sorbiéndose la nariz.

—*Ma chérie,* ignoraba por completo que tu padre hubiera desaparecido en las catacumbas —expresó Rochelle con dulzura colocando una mano sobre el brazo de Robecca—. Estoy segura de que si le explicamos la situación al señor Muerte, no tendrá ningún problema en cambiarnos a otra clase.

—Gracias, pero creo que ya es hora de que me enfrente a mis sentimientos. Nunca le había contado esto a nadie, pero la desaparición de mi padre siempre me ha parecido sospechoso. Justo antes de que ocurriera, actuaba de una manera muy extraña: salía a altas horas de la noche a reunirse con gente para hablar de la importancia de que yo viviera en un mundo donde se tratara a todos los monstruos por igual.

—¿A todos los monstruos por igual? Pues ya viste que no —murmuró Toralei en voz alta mientras pasaba junto a las monstruoamigas y elegía un asiento.

—Ignórala —aconsejó Cy a Robecca con voz tranquila al tiempo que le entregaba un pañuelo de papel.

—Gracias, Cy —contestó ella con suavidad.

—No hay de qué —respondió tímidamente el joven cíclope y, acto seguido, se volvió a fundir con las sombras.

A medida que todos tomaban asiento, Vudú agarró la silla contigua a Frankie Stein, su enamorada del alma. Y aunque Cy también deseaba sentarse junto a su enamorada del alma, no quería resultar tan poco sutil como Vudú. Así que, en vez de eso, el tranquilo chico de un solo ojo se dejó caer en el asiento de detrás de Robecca.

—Hola, monstruos y monstruas —anunció el señor Momia mientras entraba en el aula. Siempre limpio, iba ataviado con impecable gasa blanca, chaleco y corbata.

Tras colocar sobre la mesa su cartera de piel, el señor Momia dedicó una ferviente sonrisa a su nuevo grupo de alumnos.

—Bienvenidos a Catacumbing: el Arte de Excavar y Descubrir. Juntos exploraremos los vastos y aparentemente infinitos depósitos históricos ocultos en las galerías septentrionales.

Entonces, el señor Momia empezó a recorrer el aula de un lado a otro, deteniéndose de vez en cuando para tamborilear con sus suaves yemas de los dedos, cubiertas de gasa, sobre los pupitres de los alumnos.

—Dado que la utilización de herramientas arqueológicas provoca un cierto desbarajuste, nos han adjudicado dos troles, Truco y Trato, como ayudantes. Antes de que preguntéis: Truco y Trato son sus nombres verdaderos. Parece ser que les atrae en gran medida la fiesta normi de Halloween. Bueno, el caso es que se encargarán de barrer, trasladar artefactos pesados al ascensor y, en términos generales, procurarán mantener aquí abajo una apariencia de orden. Ahora bien, esto no significa que vayan a trabajar para ustedes, en absoluto. No les pidan que limpien su habitación porque, primero, celebrarán una fiesta descon*trol*ada cuando no estén presentes. Y, segundo, resulta de lo menos apropiado. ¿Alguna pregunta?

Al instante estallaron entusiasmadas pláticas en el aula de paredes de piedra. Los alumnos prácticamente reventaban de preguntas sobre toda clase de asuntos, desde los troles hasta el mayor hallazgo arqueológico del señor Momia. Aun así, en medio de semejante ilusión y entusiasmo, Robecca permanecía sentada en silencio, clavando la mirada en el suelo. Y no porque no tuviera preguntas, todo lo contrario. La joven monstrua tenía infinidad de ellas; solo que no eran sobre la clase de Catacumbing.

Eran sobre su padre.

CAPÍTULO
cinco

 medida que el sol se deslizaba tras las montañas, Robecca, Rochelle y Venus deambulaban por el pasillo principal. Por fin habían terminado su primer día de clases, que incluían Catacumbing, Ciencia Loca, Deseducación Física, Ge-ogrofía y Cocina y Manualidades.

Del techo llegaban los suaves chillidos de los murciélagos al despertarse. Conocidos como los exterminadores internos de Monster High, pasaban las noches haciendo rondas en busca de insectos y arañas.

—¡Tuercas y retuercas! Me parece que un murciélago me acaba de guiñar un ojo —gritó Robecca.

—Igual se ha encaprichado contigo —bromeó Venus con sarcasmo.

—Considero que es mucho más probable que la criatura tenga polvo en el ojo, y que lo que Robecca ha interpretado como un guiño sea un simple parpadeo. Por descontado, también existe la posibilidad de que el murciélago haya contraído una enfermedad extremadamente rara conocida como síndrome de Bitty, el murciélago pestañeante.

—Si no fueras una gárgola y no estuvieras obligada a decir la verdad, jamás te creería. Tienes que admitir que eso del síndrome de Bitty, el murciélago pestañeante, suena más bien absurdo —comentó Venus entre risas.

—Sin duda —convino Robecca.

—Para su información, el síndrome del murciélago pestañeante es una enfermedad completamente real. Se llama así por un pequeño murciélago llamado Bitty que no podía dejar de pestañear debido a una extraña infección en el ojo izquierdo. Por desgracia, pasó años siendo acusado de burlarse de las gárgolas de Scaris antes de que a alguien, por fin, se le ocurriera llevarlo al médico —recordó Rochelle con voz solemne, a todas luces conmovida por el suplicio del quiróptero.

Al llegar a la cámara de Masacre y Lacre, Robecca, Rochelle y Venus se dispusieron a acicalarse a toda prisa para la cena. Sin embargo, mientras Rochelle se aplicaba brillo en los labios, Venus lustraba sus hojas y Robecca engrasaba sus engranajes, el trío escuchó algo peculiar. Era un familiar sonido de pisadas, una detrás de otra, solo que llegaba de un lugar de lo más extraño: el techo.

—Me parece que hay alguien ahí arriba —susurró Robecca a las otras dos.

—Y ¿si es la señorita Su Nami, que está arreglando algo? —pensó Venus en voz alta.

—Con el debido respeto a la señorita Su Nami, si estuviera caminando por encima de nuestro techo, estoy convencida de que lo atravesaría —declaró Rochelle sin titubeos—. No, tiene que tratarse de alguien más ligero, alguien con un motivo perfectamente lógico para recorrer el espacio hueco que separa la residencia y el desván.

—Puede que sea un trol al que hayan enviado a rescatar un murciélago rebelde —elucubró Robecca sin demasiado convencimiento.

—Puede ser —murmuró Venus mientras seguía las pisadas a través de la habitación, deteniéndose solo al llegar a la pared.

Un golpe amortiguado reverberó por la hoja de triplay y el yeso que separaba las habitaciones contiguas, dando lugar a que las monstruoamigas intercambiaran miradas de curiosidad.

—Bueno, quienquiera que sea acaba de entrar de un salto en el cuarto de al lado… —Venus se interrumpió y, conmocionada, se llevó la mano a la boca.

—¡Uggh! Y ¿si uno de los troles es un ladrón? —preguntó Robecca con un grito ahogado arrugando la frente y frunciendo el ceño.

—Por supuesto que no, Robecca —respondió Rochelle con firmeza.

—Piensa en quién vive en esa habitación —la apremió Venus.

—La señorita Alada —murmuró Robecca, aún insegura de cómo interpretar la situación—. Pero si es un trol que visita a la señorita Alada, ¿por qué no utiliza la puerta? ¿Por qué iba a entrar a hurtadillas por el techo? Al fin y al cabo, se le ve con los troles a todas horas.

—Tienes mucha razón —admitió Rochelle mientras el sonido de una voz furiosa, si bien apagada, atravesaba la pared.

De inmediato, las tres chicas pegaron la oreja a la suave superficie blanca, desesperadas al máximo por entender lo que se estaba diciendo. Pero, ¡ay!, resultaba imposible. Sencillamente, la pared era demasiado gruesa. Mientras Rochelle suspiraba por el fracaso y Robecca se dejaba caer sobre una cama, Venus caminó de puntillas hasta la ventana y la abrió con el menor ruido posible.

—¡No debes volver aquí! Si alguien te ve, ¡estoy acabada! ¡Me ha costado demasiado trabajo y estoy demasiado cerca de conseguirlo como para que fracase! —siseó con indignación una severa voz, la cual fue seguida al instante por el sonido de pisadas que, una vez más, atravesaron el techo.

Tras cerrar la ventana, Venus, Robecca y Rochelle se acurrucaron en el rincón más alejado del dormitorio.

—¿Era la señorita Alada? —susurró Venus a las otras—. Parecía su voz, solo que mucho más alta y más áspera.

—¡Pistones pistonudos! No me gusta cómo suena lo de «me ha costado demasiado trabajo como para que fracase» —murmuró Robecca con nerviosismo.

—Ojalá pudiéramos haber visto con quién hablaba —se lamentó Rochelle—. Y ahora, el párrafo 3.9 del código ético de las gárgolas estipula que se debe comunicar a las autoridades cualquier información relacionada con un posible delito. Con ello en mente, sugiero que vayamos en busca de la directora Sangriéntez y la señorita Su Nami.

—No pretendo ser un estorbo respecto al asunto porque sé lo muy en serio que te tomas tu código de conducta, pero creo que estás equivocada. Ignoramos con quién está trabajando la señorita Alada, de modo que no me parece sensato comunicarlo por el momento —declaró Venus con tono de seguridad.

—Por las clavijas de mi tía, ¿insinúas que la señorita Su Nami o la directora podrían estar implicadas? —preguntó Robecca tragando saliva de forma audible.

—No, no lo creo —respondió Venus mientras negaba con la cabeza—. Es solo que no me parece buena idea hablar con ellas sin pruebas sólidas. Porque si no las convence lo que les digamos, podrían contárselo a alguien.

—Lo cual no solo pondría en peligro nuestra seguridad personal, sino la de Monster High —convino Rochelle.

Tras esperar pacientemente a que la señorita Alada abandonara su habitación, las monstruoamigas se dirigieron con gran sigilo al piso inferior. Sin embargo, segundos después de fundirse con la muchedumbre de alumnos en el pasillo principal, Venus descubrió que la dragona de belleza cautivadora estaba hablando nada más y nada menos que con la directora Sangriéntez.

—Dime, Rochelle, ¿existe algo parecido al síndrome de la profesora simuladora? —preguntó Venus con los dientes apretados al tiempo que movía nerviosamente la nariz a medida que su polen persuasivo acechaba en su interior.

—Puedo afirmar con absoluta certeza que no existe un síndrome con semejante nombre que haya sido reconocido desde un punto de vista médico —respondió Rochelle con su característico tono solemne.

—Debo decir que tener de vecina de habitación a la señorita Alada me pone los remaches de la nuca de punta. Madre mía, eso sí que da yuyu… —susurró Robecca—. Solo de pensarlo me pongo a soltar vapor.

—*S'il vudú plaît*, Robecca, tienes que calmarte o acabarás empapada y con el pelo encrespado antes de que lleguemos a la cafeterroría —aconsejó Rochelle a su amiga mientras la señorita Alada, ahora ataviada con un vestido violeta hasta el suelo, se alejaba de la directora con parsimonia.

—Vamos, chicas, investiguemos un poco —propuso Venus al tiempo que se aproximaba a la directora Sangriéntez.

—¡Vaya! Tres de mis alumnas favoritas..., bueno, igual que sus compañeros, claro está. Como saben, una directora no puede tener favoritos. Bueno, si se trata de un cambio de clases, van a tener que hablar con el señor Muerte. Lo último que me han dicho es que estaba tomando un picnic él solo en mitad de la cancha de monstruo-baloncesto. Y hablando de eso, la cancha necesita un encerado urgentemente. Está llegando a tal punto que apenas consigo ver mi reflejo en ella. De todas formas, tengo que irme; pero muchas gracias por recordarme el terrible estado de la cancha de monstruo-baloncesto.

—Mmm, en realidad, no lo hemos hecho. Ni siquiera hemos tenido oportunidad de articular palabra —declaró Venus, incómoda.

—¿En serio? —contestó la directora Sangriéntez con una expresión de profundo desconcierto—. Mis disculpas, monstruitas. Entonces, ¿en qué puedo ayudarlas?

—Se trata del incidente del trimestre pasado. ¿Ha sabido usted algo más? —preguntó Venus.

—Sí, claro, el incidente —dijo la directora mientras asentía con la cabeza en señal de complicidad—. ¿Se refieren a cuando Vudú le pidió a Frankie que se casara con él? A veces es un chico de lo más tonto.

—Tuercas y tornillos, directora, ¿ya se le ha olvidado el episodio del susurro? —preguntó Robecca en voz alta.

—Ah, están hablando de *eso*. En serio, chicas, no le den vueltas al pasado. Todo eso quedó atrás —tranquilizó la directora a las alumnas—. Verán, la señorita Su Nami y yo misma hemos llegado a la conclusión de que el susurro llegó a Monster High por *casualidad*.

La pobre señorita Alada no tenía la más mínima idea de lo que hacía. Y ahora, insisto en que se quiten todas esas bobadas de la cabeza —ordenó al trío de forma enérgica antes de unirse a Sam, Marvin y James, los cabezas de calabaza, que recorrían a saltos el pasillo mientras cantaban:

—*Hemos vuelto a Monster High, donde monstrui- tas hay, ¡este insti es súpernice!*

—Hay que reconocer que tienen grandes aptitudes musicales, son muy *yinyue*, desde luego —opinó Jina- fire aproximándose a las tres monstruoamigas y dete- niéndose para hacer una sutil reverencia y esbozar una sonrisa.

—¡Órale! Los escuchamos incluso a través de las paredes de la residencia —añadió Skelita al tiempo que se sumaba al grupo.

—Chicas, cómo me alegra encontrarlas —dijo Ro- chelle—. ¿Qué les está pareciendo todo? ¿Tienen algún problema relativo a su seguridad? ¿Los murciélagos?

¿La escalera desvencijada de la residencia? Estoy aquí para ayudarlas a aliviar sus preocupaciones.

—Ay, gracias, relinda. Pero no tienes que preocuparte por nosotras, en serio, estamos perfectamente —respondió afectuosa Skelita con su acento miedxicano.

—Sí, es verdad, estamos muy felices aquí, sobre todo por la señorita Alada, es una mujer maravillosa —comentó Jinafire.

—¡Híjole! La señorita Alada es súper buena onda —secundó Skelita. Acto seguido, ambas se despidieron con un gesto de la mano y continuaron pasillo abajo.

—Da la impresión de que la señorita Alada ha encontrado nuevas fans —susurró en voz baja Robecca.

—¿Fans? —replicó Venus con tono de sospecha—. Más bien víctimas, diría yo.

tras una suculenta cena consistente en estofado zombi, un sabroso guiso cocinado a fuego *muuuy* lento, las monstruoamigas Robecca, Rochelle y Venus se encaminaron a la sala de Arte y Aparte para su primera reunión de la Alondra Monstruosa. Dado que se trataba del club para monstruas más popular de Monster High, se hallaban comprensiblemente un tanto preocupadas y nerviosas por lo que les esperaba. Tanto Rochelle como Robecca jugueteaban, intranquilas, con sus respectivos accesorios, al tiempo que Venus se acariciaba su larga melena a rayas fucsias y verdes.

Al llegar a la sala, donde se podían encontrar desde materiales para manualidades hasta murciélagos, el trío de amigas la notó mucho más sofisticada que de costumbre, con grandes ramos de rosas de color rosa, manteles de cuadros y una amplia variedad de postres que consiguieron que se les hiciera la boca agua. Hasta las mismas paredes estaban decoradas con pósteres de monstruas famosas, como Gillary Clinton, la criatura marina; Jennifer Lóbez, la licántropo hembra; Draculina Rubio, la famosa vampira; y muchas más.

—¡Esto está que suelta chispas! ¿En serio pueden creer que seamos miembros de un club tan prestigioso? —exclamó Robecca con entusiasmo mientras Venus y Rochelle probaban las galletas con trocitos de chocolate, el pastel de coco y los pastelillos rellenos de crema.

—Es justo lo que necesito después de un día estresante —comentó Venus antes de meterse en la boca un buen pedazo de pastel.

—¡Tornillos, Venus! Por la forma en que te zampas ese pastel, pareces Ñam con pulseras —bromeó Robecca con tono alegre.

—Resulta de lo más irónico que una planta llamada Ñamñam no sepa masticar —declaró Rochelle, y después preguntó a gritos—: Y ¿si se atraganta? ¡No sabemos hacer la maniobra de Heimlich a una planta!

—Relájate. Si Ñam no se ha asfixiado aún con su dieta a base de joyas, cajas de cerillos y pedruscos, para mí que está a salvo —tranquilizó Venus a Rochelle al tiempo que Frankie hacía señas para que todo el mundo tomara asiento.

Draculaura se unió a Frankie en la parte delantera de la sala de Arte y Aparte. Ambas lucían modelitos de lo más chic. Frankie llevaba una falda escocesa en tonos azules con suéter a juego, mientras que Draculaura había optado por un vestido rosa con bordes de encaje blanco y botas hasta la rodilla.

—¿Se encuentran bien, chicas? Están temblando —susurró Venus a Rochelle y Robecca.

—¡Shhh! Estamos emocionadas, nada más —respondió Robecca, decidida a no perderse ni una sola palabra de las que Frankie y Draculaura pronunciaran.

—Como copresidentas de la asociación Alondra Monstruosa, Draculaura y yo queremos darles la bienvenida a otro estupendo trimestre en Monster High —anunció Frankie jugueteando con uno de los tornillos plateados que tenía en el cuello.

—Como saben, formamos una hermandad femenina dedicada a ayudar a los demás y a hacer monstruoamigas para toda la vida —añadió Draculaura—. Con ello en mente, como primer punto del orden del día voy a hablar del proyecto Echa una Zarpa. Para las que no lo recuerden o no lo conozcan, se trata de uno de nuestros programas de servicio a la comunidad.

—A ver, que no cunda el pánico. No estamos hablando de limpiar cuartos de baño o pintar paredes —aclaró Frankie con una sonrisa.

—¡Gracias a Ra! —intervino Cleo—. Invierto mucho tiempo y mucho dinero en mantener mis uñas con una manicura impecable.

—El proyecto Echa una Zarpa solicita a los monstruos que pongan alguna de sus aptitudes a disposición de la comunidad escolar —prosiguió Draculaura—. Por ejemplo, yo formaré equipo con la señora Atiborraniños para dar lecciones de cocina vegetariana a todos cuantos quieran abandonar la carne.

—Y yo me voy a asociar con Clawdeen para ayudar a las monstruas a diseñar y confeccionar sus propios modelitos electrizantes —anunció Frankie con tono alegre—. ¿Alguien tiene alguna idea de lo que le gustaría hacer?

Tras unos segundos de atenuados susurros, una mano se elevó *muuuy* lentamente desde el fondo de la sala. Era Ghoulia Yelps, quien, como de costumbre, murmuraba en idioma zombi.

—¿La cerebrito del insti ofrece clases particulares gratuitas? ¡Impresionante! —tradujo Frankie para quienes no entendían la lengua nativa de Ghoulia.

—Eh, colegas, estoy pensando en hacer algo a favor del medio ambiente; por ejemplo, poner en marcha un programa de reciclaje —se ofreció Lagoona.

—¿Qué te parece montar conmigo una pila de compostaje? —sugirió Venus, entusiasmada.

—¡Agüita! Me apunto —accedió Lagoona—. Siempre digo que hay que reducir los niveles de basura, y una pila de compostaje es la manera perfecta.

—Qué *típico* de ti —se mofó Toralei—. Bueno, supongo que si tengo que hacer algo, permitiré que alguno de los artistas bohemios de Monster High dibuje mi rostro *perrrfecto*.

Frankie y Draculaura intercambiaron una fugaz mirada divertida antes de recobrar la compostura.

—En realidad, Toralei, confiábamos en que organizaras la próxima edición de Factor M, el concurso de talentos monstruosos. Es la versión renovada de Operación Monstriunfo, y para organizarla se requiere a alguien con... —Frankie efectuó una pausa, devanándose los sesos desesperadamente en busca de una manera educada de decir «mandona».

—Fuerte personalidad —concluyó Draculaura.

—¿Perdona? —espetó Cleo a gritos mientras se levantaba de un salto—. Como una de las monstruas con más talento de Monster High, ¿no les parece que *yo* debería estar al mando de Factor M? Además, al ser miembro de la realeza, juzgar a la gente es algo innato para mí.

—Espera un segundo —dijo Draculaura, que acto seguido susurró algo a Frankie al oído.

—Tras analizar las posibilidades, nos hemos dado cuenta de que lo más acertado es que las dos compartan la dirección de Factor M. De esa manera, ambas participarán y, además, tal vez les ayude a intensificar su amistad —anunció Frankie con no poca aprensión.

—¿Te refieres a que quieres que *yo* me asocie con *ella*? —replicó Toralei con brusquedad, lanzando a Cleo una mirada feroz—. ¿Una felina trabajando con un miembro de la realeza de segunda fila? Pues vieras que no.

—Segunda en la línea dinástica, sí; pero *jamás* de segunda fila. Y no es que espere que una plebeya gata *callejera* como tú entienda de semejantes asuntos —contraatacó Cleo, indignada.

Mientras las divas más notables del instituto intercambiaban muecas, Frankie y Draculaura prosiguieron con la reunión. Rochelle se ofreció de inmediato a aconsejar a los troles en cuestiones de idioma e higiene, y Robecca accedió a impartir clases de patinaje laberíntico a los menos versados en cuestiones deportivas.

Para cuando la reunión terminó, Robecca, Rochelle y Venus estaban tan agotadas que lo que más deseaban era irse a dormir y enterrar la cabeza bajo las mantas.

—Más vale que Penny no acapare el espacio en la cama —murmuró Robecca mientras entraba a la cámara de Masacre y Lacre.

—Esa es una de las ventajas de tener una planta de mascota: no hay que compartir colchón —comentó Venus ahogando un bostezo.

—No, pero se come las joyas y, de vez en cuando, algún que otro dedo —indicó Rochelle.

—No es culpa de Ñamñam. Le falla la vista. No tiene más remedio que mordisquear primero y preguntar después —gruñó Venus quitándose sus botas rosas.

Primero, Venus; luego, Robecca, y finalmente, Rochelle se dejaron caer en sus respectivas camas y exhalaron sonoros suspiros. Pero entonces, las tres amigas escucharon otros dos suspiros *más*. Alarmada por los sonidos, Rochelle se puso de pie de un salto e inspeccionó la habitación. Al instante descubrió a una de las hermanas Van Sangre (no distinguía cuál de ellas) dormida bajo su colchón.

—*Quelle horreur!* Pero ¿qué haces aquí? —preguntó Rochelle ahogando un grito.

—Echando una siesta. ¿Por qué tú despertar a mí? —murmuró Blanche en respuesta.

—Hasta aquí hemos llegado, pareja —dijo Venus tras descubrir a Rose bajo su cama—. ¡Largo de aquí!

—¿Por qué ustedes tener que ser tan difíciles? Solo somos vampiras cíngaras buscando sitio para descansar —gimoteó Rose.

—Saben perfectamente que el instituto les ha suministrado un lugar conveniente para dormir. Se llama «habitación» —explicó Rochelle.

—A vampiros cíngaros no gusta estar quietos —alegó Rose mientras ella y Blanche salían de debajo de las camas.

Ambas vestidas con camisón de lunares y larga capa de terciopelo, empezaron a estirarse poco a poco, como para despertarse.

—Chicas, la sesión de estiramiento va a tener que esperar. Nos vamos a dormir —dijo Venus al tiempo que sus vides se apretaban alrededor de sus brazos.

—Creo que deben disculpa a nosotras —exigió Blanche con tono serio.

—Ah, ¿sí? —soltó Venus, a punto de estallar.

—Esa planta comió anillo mío —replicó Rose—. Y eso rasgó medias de Blanche saltando a pies suyos —prosiguió mientras señalaba a Gargui—. Pero peor de todo fue pájaro de metal mirando a nosotras fijamente... ¡Cosa esa pone pelos de punta!

Las tres monstruoamigas estallaron en carcajadas, impresionadas por lo bien que las gemelas conocían a sus mascotas. Creyendo que Robecca, Rochelle y Venus se reían de ellas, Blanche y Rose elevaron la barbilla e, indignadas, abandonaron la habitación echando pestes.

El sol apenas había coronado las dispersas nubes cuando Robecca arrojó su edredón hacia atrás, agarró a Penny y salió a toda velocidad de la habitación sin siquiera dirigir la palabra a sus compañeras de cuarto.

—¡Llego tarde! ¡Llego tarde! ¿Por qué siempre llego tarde? —murmuró Robecca para sí mientras recorría el pasillo de la residencia como una exhalación, arrancando a su paso la sedosa cortina de telaraña.

Cuando la monstruita con un deficiente reloj interno encontró cerrada la puerta de la cafeterroría, se le ocurrió que tal vez no llegara tarde, sino muy, muy temprano.

—¡Ay, Penny! Estaba convencida de que me había retrasado; ni siquiera se me ocurrió pararme a ver si Rochelle y Venus estaban en la habitación. ¿Por qué el tiempo nunca está de mi lado?

Más adelante aquella misma mañana, Rochelle y Venus se encontraban sentadas en la biblioterroreca examinando los planos del instituto en un intento por entender cómo el visitante de la señorita Alada podía haber accedido al espacio que discurría entre el desván y el techo de la residencia. Mientras mantenían la cabeza escondida entre los planos, escucharon un rechinido familiar que reverberaba por la silenciosa y polvorienta sala.

—¿Nos buscas? —preguntó Venus al tiempo que lanzaba su melena a rayas fucsias y verdes por detrás del hombro.

—¡*Buu là là,* Robecca! ¿Dónde te habías metido? Empezar el día con una compañera de cuarto ausente resulta de lo más desconcertante —bufó Rochelle—, sobre todo a la vista de nuestra nueva vecina.

—Relájate, Rochelle —aconsejó Venus—. Que Robecca desaparezca es tan normal como que el sol salga por el Este y se ponga por el Oeste. Si te digo la verdad, me empezaría a preocupar si no desapareciera de vez en cuando.

—¡Chicas! No hay tiempo para estas cosas —murmuró Robecca, nerviosa—. Ay, solo de pensar en lo que he visto, ¡me entran ganas de limpiarme la memoria con un buen chorro de vapor!

—¿Qué has visto? ¿A la señorita Alada? ¿Has averiguado quién vino a verla? —preguntó Venus con voz animada.

—O ¿acaso algo peor? ¿Ha traído una nueva plaga a Monster High? *S'il vudú plaît!* ¡No aguanto más! ¡Dínoslo de una vez! —suplicó Rochelle.

—De acuerdo —accedió Robecca mientras, con parsimonia, se sentaba a la mesa y empezaba a arrancarse hierbajos del pelo.

—En serio, ¿qué ha pasado? Da la impresión de que te hubiera atacado un olmo, o algo parecido —comentó Venus examinando a Robecca de cerca.

—Pues no vas descaminada...

—¡Esto empieza a sonar *très* extraño! —dijo Rochelle, inquieta.

—Cuando me di cuenta de que no me había quedado dormida y que, en realidad, me había levantado demasiado temprano, decidí continuar levantada y colgar folletos para mis clases de patinaje laberíntico —explicó Robecca con aprensión—. Solo que cuando Penny y yo estábamos recorriendo por el aire el recinto de Monster High... vi...

—¿Qué viste? —estalló Venus con impaciencia.

—¡Un gato blanco! ¡Me aterroricé hasta tal punto que me estampé contra un árbol! ¡Y lo peor de todo fue que perdí a Penny en el accidente! ¿Creen que el gato blanco le habrá hecho algo malo?

—Pues claro que no. Conociendo a Penny, probablemente fue ella quien espantó al gato con su mal de ojo —trató Venus de consolar a Robecca, aunque sin demasiado convencimiento.

—Es una señal. Sean cuales sean los planes de la señorita Alada, tienen que ser malvados, muy, muy malvados —parloteó Robecca, presa del pánico.

—Un gato blanco no es bueno…, para nada —secundó Venus mientras se daba tirones de las vides—. ¿Es cosa mía, o esto empieza a parecer un invernadero?

—Es cosa tuya —replicó Rochelle con sequedad mientras negaba con la cabeza y suspiraba, a todas luces consternada por la conversación—. Los gatos blancos no son para nosotros más que lo que los gatos negros son para los normis. Solo es una absurda superstición propia de los monstruos…

—Pero me han contado historias… —interrumpió Venus.

—¿Acerca de que son de mal agüero? ¡Bah, tonterías! Chicas, creía que eran más inteligentes que eso

—replicó la sensata gárgola al tiempo que guardaba sus pertenencias en la mochila.

—Rochelle, a la vista de lo que acabamos de escuchar, tienes que admitir que podría significar algo —expuso Robecca con suavidad, casi con reticencia.

—Lo que significa es que las historias absurdas las impresionan más de lo que yo pensaba. A ver, no quiere decir que no estemos en peligro, es probable que sí; pero no tiene nada que ver con un gato blanco —objetó Rochelle antes de mirar directamente a Robecca—. Y, por favor, cepíllate el pelo antes de la clase. Con tantos hierbajos, ¡pareces un bosque!

—¿Adónde vas? —preguntó Venus elevando la voz mientras Rochelle se encaminaba hacia la puerta.

—Esta mañana tengo mi primera sesión con Truco y Trato.

—¿Los troles de la clase de Catacumbing? —se interesó Robecca.

—Sí, han sido los primeros en apuntarse. Es evidente que están deseando mejorar su idioma y aprender sobre cuestiones de higiene —explicó Rochelle despidiéndose con un gesto de mano.

Rochelle eligió la cueva de estudio para su primera clase para troles por dos poderosas razones: en primer lugar, reinaba el silencio; y en segundo lugar, no había comida disponible. Habiendo visto comer a los troles con anterioridad, sabía que lo más sensato era evitar presenciarlo. Por desgracia, no había caído en la cuenta de que, aun sin comida, ver a los troles de cerca suponía una experiencia inolvidable.

Sentada a medio metro de distancia de los rostros aceitosos, mugrientos y plagados de acné de los troles, Rochelle se fijó en multitud de granos y espinillas en los que hasta entonces no había reparado. Y aunque por el momento su temario no incluía una sección de dermatología, reconoció que tenía que enmendarlo.

—Después de echar en la mano un chorrito de jabón bactericida del tamaño de un chícharo... —Rochelle se interrumpió, distraída por la visión de Truco, que utilizaba el bolígrafo de la gárgola a modo de cepillo de dientes—. Truco, meterse en la boca las pertenencias de otro monstruo sin su permiso se considera *très* grosero.

—¡Grosero! —coreó Trato, que luego se limpió la nariz con la mascada amarilla de Horrormés de Rochelle.

—Tómalo como un regalo de cumpleaños adelantado —dijo Rochelle mientras daba un respingo por el sonido que hicieron los mocos de Trato al fluir por el fino tejido de seda—. A ver, tras aplicar una cantidad de jabón bactericida del tamaño de un chícharo...

—¡Chícharo! ¡Chícharo! —canturreó Truco.

—Sí —confirmó Rochelle con los dientes apreta-dos mientras, impaciente, daba golpecitos con las ga-rras sobre el tablero de la mesa—. Entonces, colocan las manos debajo del agua…

—¡Debajo de mesa! ¡Debajo de mesa! —gruñó Trato, y acto seguido se agachó y se escondió bajo la mesa.

—¡No, Trato! ¡No! He dicho debajo del *agua*, ¡tienes que colocar las manos enjabonadas debajo del *agua*! ¡No debajo de la *mesa*! —protestó Rochelle con un gemido de frustración mientras continuaba golpeando sus garras sobre el tablero con brusque-dad.

—¡Eh! ¿Se puede saber qué te ha hecho esa mesa? —preguntó a Rochelle una voz suave y familiar.

Con una instantánea descarga de adrenalina al haber reconocido la voz de Deuce, Rochelle, avergon-zada, desvió la mirada a toda prisa.

—*Zut!* A veces se me olvida la fuerza que tengo —se lamentó Rochelle mientras bajaba la vista a la agrietada mesa.

—Hola, Truco. Hola, Trato —dijo Deuce a los troles al tiempo que les dedicaba un amistoso saludo con la cabeza.

Truco y Trato se calmaron de inmediato, obviamente intimidados por Deuce, y con razón. La historia de que Deuce, sin quererlo, había convertido en piedra a uno de sus colegas el trimestre anterior se había extendido como un reguero de pólvora entre la comunidad de troles.

—Debo decir que me molesta mucho verte pasando tiempo con los troles. ¿Es que te has peleado con Robecca y Venus? —preguntó Deuce mientras toqueteaba su cresta de serpientes.

—No, claro que no. Son mis mejores monstruoamigas. Como parte de mis obligaciones para con la Alondra Monstruosa, me he ofrecido a impartir clases a los troles sobre higiene y dominio del idioma. Sin embargo, conseguir que me atiendan me está resultando más difícil que conseguir que Robecca llegue a clase con puntualidad.

—¿En serio? Da la impresión de que a mí siempre me escuchan. Si quieres, te puedo ayudar —se ofreció Deuce generosamente.

—¿Lo harías por mí? —balbuceó Rochelle al tiempo que se sonrojaba.

—¿Después de lo que hiciste por el instituto el trimestre pasado? ¡Pues claro!

—Eres el primer monstruo en sacar el tema a relucir. Es como si todos los demás lo hubieran olvidado. Ni siquiera les preocupa que pueda volver a ocurrir —observó Rochelle negando con la cabeza, obviamente desconcertada por la falta de interés de sus compañeros.

—No es que se les haya olvidado. Es que, al mirar alrededor, no encontramos ningún motivo de preocupación. Todo parece de lo más normal. Y ya sabes: no tiene sentido preocuparse por algo que podría no suceder —explicó Deuce esbozando una sonrisa.

—Claro, para ti es muy fácil decirlo; tú no eres una gárgola.

CAPÍTULO
siete

el aroma a calaverillas de queso impregnaba el aire de la cafeterroría a medida que los alumnos intercambiaban historias sobre el primer día de clase y comentaban todo tipo de cosas, desde la ropa de los profesores hasta el nuevo capitán del equipo de patinaje laberíntico. Situados en un lugar visible entre los jóvenes monstruos se encontraban los monitores del almuerzo: el señor Muerte y la señorita Su Nami. En un silencio sepulcral, el señor Muerte repasaba mentalmente su lista de arrepentimientos, mientras que la señorita Su Nami reflexionaba acerca de la mejor forma de gestionar la creciente

107

cantidad de insolencias de la que la estaban haciendo objeto los troles.

Dos mesas más allá de la de los profesores, absortas en una conversación de lo más sesuda sobre la limpieza del medio ambiente, se encontraban Lagoona y Venus.

—No lo entiendo, amiga. Solo tenemos un planeta. ¿Por qué lo plagamos de basura? Y no exagero. ¿Por qué metemos basura dentro de las montañas? —preguntó Lagoona mientras se llevaba a la boca su calaverilla de queso.

—No me hagas hablar de los vertederos de basuras. ¡Solo con pensar en ellos el polen se me sube por las paredes! ¿Cómo puede alguien pensar que rellenar las montañas de basura es una buena idea? ¿Cómo puede ser una solución viable a largo plazo para nuestro problema con los residuos? A ver, ¿es que no le importa ni a un solo miembro del Desgobierno? —preguntó Venus con palpable frustración.

—Es lo que parece a veces, pero debe de haber otros monstruos preocupados por los océanos y los bosques y...

—Disculpen, monstruas —interrumpió una voz aterciopelada.

Parada frente a Lagoona y Venus, vestida con un overol de estampado de leopardo con un deslumbrante cinturón rojo, se encontraba nada más y nada menos que Toralei Stripe. Dado que la felina casi nunca honraba a sus compañeros con su presencia en la cafeterroría, las dos ecologistas se quedaron bastante desconcertadas.

—Siento molestarlas mientras engullen, pero me preguntaba si les importaría firmar mi petición. Es súperimportante —ronroneó Toralei mientras aleteaba sus largas pestañas felinas.

—¿Estás recogiendo firmas? ¿Para qué? ¿Para que pongan leche en las fuentes de agua potable? —preguntó Venus entre risas.

—Chiste de gatos, ¿eh? Qué naco. Pero, claro, ¿qué se puede esperar de una planta casera de cuarta? —respondió Toralei bruscamente.

—Siempre tan encantadora —murmuró Venus para sí con sarcasmo.

—Bueno, compañera, ¿de qué se trata la petición? —preguntó Lagoona, curiosa.

—Hay dos monstruas superraras que están tratando de convertir el campo de atrás de Monster High en un vertedero de basuras. No está nada bien, por eso estoy decidida a ponerles un alto —explicó Toralei.

—¿Un vertedero de basuras? ¿No te estarás refiriendo a una pila de compostaje? —inquirió Lagoona con expresión de perplejidad.

—Lo mismo da. ¿Firman, o qué? —exigió Toralei con una sonrisita de complacencia.

—Toralei, estamos tratando de salvar el planeta por medio del reciclaje de productos biodegradables. ¿Cómo es posible que te parezca un problema? ¿Es que no quieres que el planeta se conserve limpio para tus hijos y tus nietos? —expuso Venus con vehemencia.

—Escuchen, chicas, es superfácil. No me gusta estar rodeada de basura —replicó Toralei con tono cortante y, con un rápido movimiento de orejas, se alejó de la mesa contoneándose.

—No la entiendo, para nada —declaró Venus con sinceridad—. Es una *mabusona* de marca mayor.

—Una ¿qué? —preguntó Lagoona ladeando la cabeza.

—Mabusona, que viene de «monstrua» y «abusona» —aclaró Venus a Lagoona para gran regocijo de la criatura marina.

—¿Se te acaba de ocurrir? —preguntó Lagoona con una sonrisa.

—Pues claro. No soy solo ecologista; también invento palabras —proclamó Venus mientras Lagoona se levantaba—. ¡Eh! ¿Adónde vas?

—Quedé de verme con Gil en la piscina. Nos vemos luego, amiga —respondió antes de dedicar a su amiga el gesto con la mano propio de los surfistas. Luego, se alejó caminando.

Por suerte para Venus, no se quedó sola mucho tiempo.

—¿Comiendo sola en la cafeterroría? ¡Ay, madre mía! Pero ¿qué pasa? —preguntó Robecca mientras se aproximaba a la mesa junto con Skelita y Rochelle.

—Nada. Me estoy curando las heridas después de una visita de Toralei. Está intentando acabar con la pila de compostaje; ha puesto en marcha una colecta de firmas y todo lo demás.

—Tranquila, manita. Toralei no tiene los amigos suficientes para recoger las firmas necesarias. Podré ser novata, pero hasta yo misma me doy cuenta —aseveró

Skelita con su acento miedxicano mientras se sentaba al lado de Robecca.

—Skelita, no he podido evitar fijarme en tu impresionante suéter tejido, ¿es miedxicano? —preguntó Rochelle admirando el delicado punto.

—Es precioso, ¿a que sí? —convino Skelita contemplando su propio suéter—. Me lo ha prestado la señorita Alada. Es una dragona maravillosa. ¿Has visto su vestuario? Todo es de alta costura. ¡Las monstruitas de Miédxico se morirían por verlo!

—Desde luego, tiene estilo, eso lo reconozco —murmuró Venus con los dientes apretados.

—Y es también muy servicial. Se está convirtiendo en una *hueltiuhtli,* que en lengua mexica significa «hermana mayor», para Jinafire y para mí.

—¿Una hermana mayor? Guau, salta a la vista que las ha convencido. Y en muy poco tiempo, encima —declaró Venus mientras lanzaba miradas recelosas a Robecca y Rochelle.

—Es verdad. Por lo general, tardo siglos en sentirme cercana a alguien, pero con la señorita Alada ha sido de lo más rápido, en mi caso y en el de Jinafire.

—Sí, como si les hubiera lanzado un hechizo —observó Venus, ante lo que Rochelle y Robecca soltaron una risa un tanto forzada.

—¡Está bromeando! No tiene nada que decir... —balbuceó Robecca, incómoda, dirigiéndose a la *calaca* miedxicana.

—Ya lo sé —respondió Skelita con una sonrisa—. Creo que la amistad ha surgido más que nada porque la señorita Alada se ha tomado el tiempo necesario para conocerme. Por ejemplo, anoche se quedó levantada hasta supertarde hablando con Jinafire y conmigo sobre nuestras familias. Incluso consiguió hacerme sentir mejor por tener que pasar el Día de Muertos alejada de mi padre —expuso Skelita con sinceridad.

—Nunca he estado en una celebración miedxicana del Día de Muertos, pero debe de ser *vampitastique* —intervino Rochelle.

—Ay, sí, organizamos una fiesta increíble, con banda de mariachis y todo —explicó Skelita mientras Robecca soltaba por los ojos pequeños estallidos de vapor.

—¿Te encuentras bien, *ma chérie*? —preguntó Rochelle, compasiva.

—Lo siento. No sé qué me pasa últimamente. Desde ese primer día en las catacumbas, no puedo dejar de pensar en mi padre. Era genial. Creo que les encantaría, chicas. Y, por descontado, ¡ustedes le encatarían a él!

Rochelle y Venus agarraron las cobrizas manos de Robecca y le dieron un fuerte apretón, ayudándola a sortear la tormenta emocional.

Justo en ese momento, un agudo gritó rasgó el aire de la cafeterroría, lo que alarmó al instante a todos cuantos se encontraban al alcance del oído.

Multitud de ojos recorrieron la estancia a toda velocidad en busca del origen del grito, hasta que Frankie
Stein se levantó de su silla con lentitud. La chica de
piel verde menta apretaba sus delicadas manos contra
su boca mientras los alumnos seguían su mirada hasta
el techo, donde un murciélago albino agitaba en silencio sus alas. De un blanco absoluto y con el tamaño
aproximado de un gato doméstico, la criatura tenía un
aspecto angelical, al menos a ojos de los no monstruos. Y es que igual que los monstruos veían a los
gatos blancos como presagios de una suerte mala, terrible, horrenda, los murciélagos blancos también su-
ponían una funesta señal.

Gritos ahogados, susurros y chillidos recorrieron la estancia a medida que monstruos y monstruas por igual se preocupaban por la posibilidad de no salir con vida de la cafeterroría.

—¿Qué nos espera? ¿Qué terrible suceso nos va a ocurrir? —balbuceó Frankie mientras Robecca y Venus intercambiaban una mirada nerviosa entre ellas. Aunque ambas eran reacias a admitírselo a la siempre juiciosa Rochelle, también opinaban que los gatos y los murciélagos blancos eran sin duda malos presagios.

—¡No va a pasar absolutamente nada! *Rien!* Y en caso de que pase, ¡no tendrá nada que ver con ese murciélago! —declaró Rochelle con firmeza tras haberse subido a su silla para asegurarse de que todo el mundo la oyera—. No existe, bajo ningún concepto, la mínima verdad en la leyenda de que los gatos o los murciélagos blancos traen mala suerte. ¡No son más que supersticiones absurdas!

Voces de inconformidad se alzaron con rapidez por toda la cafeterroría, para gran sorpresa de Rochelle.

—¿Qué sabe ella? No es más que una gárgola.

—Pobre niña, tiene la cabeza tan metida en la grava que no sabe lo que está pasando.

—Para mí que la mala suerte la atacará a ella primero; luego, al grifo de gárgola que tiene por mascota.

—¡Ni que tuviera piedras en el cerebro!

—*S'il vudú plaît,* piensen con lógica —suplicó Rochelle desde lo alto de la silla, que ahora crujía con estruendo bajo sus pies.

—¡Rochelle! Creo que deberías bajarte —advirtió Venus a su amiga mientras Skelita se apartaba y se parapetaba tras un cubo de basura cercano.

—Tengo que intentar que nuestros compañeros entren en razón. Es mi deber como gárgola —proclamó Rochelle con tono serio.

—Bien, pero estamos convencidas de que esa silla se va a desplomar de un momento a otro —terció Robecca, lo que dio lugar a que Rochelle se bajara al instante.

—Ahora que lo pienso, puedo razonar con ellos igual de bien desde aquí abajo —admitió Rochelle a medida que contemplaba los numerosos rostros asustados entre el gentío.

—Entidades no adultas —rugió la señorita Su Nami levantándose de un salto desde la mesa de los monitores del almuerzo—, que todo el mundo se coloque al fondo de la cafeterroría y espere a que lleguen las autoridades competentes para hacerse cargo del intruso.

—¿Autoridades competentes? ¿Intruso? —repitió Rochelle, conmocionada—. Pero ¡si es un murciélago! Miles de ellos habitan en los pasillos. La única diferencia es que este es blanco. ¿Es que no se da cuenta? Se trata de pura y simple discriminación.

Pero, ¡ay!, nadie la escuchó. Los presentes se limitaron a continuar susurrando, gimiendo y lloriqueando sobre el odioso murciélago.

—¡Se acabó! Yo me encargo de la situación —declaró Rochelle a Robecca y Venus.

—¡Tornillos desatornillados! Pero ¿qué vas a hacer? —preguntó Robecca a Rochelle mientras despedía pequeñas volutas de vapor por las orejas.

—Voy a capturar a la criatura con delicadeza, utilizando uno de mis accesorios más fiables —explicó Rochelle al tiempo que sacaba de su bolsa una nueva mascada de Horrormés—. A ver, solo necesito una escalera de mano.

No obstante, mientras Rochelle se disponía a dirigirse hacia el armario de utensilios, las puertas de la cafeterroría se abrieron de golpe y se estamparon estrepitosamente contra la pared.

—¿Ha visto alguien un murciélago blanco? —preguntó Henry Jorobado entre chillidos de histeria.

Cubierto de la cabeza a los pies de un denso excremento blanco, de consistencia similar a la miel de maple, daba la impresión de que a Henry lo hubieran sumergido en pintura. Tras una momentánea pausa para asimilar la extraña apariencia del chico, los alumnos, en silencio, señalaron el murciélago, que aleteaba sin hacer ruido en un rincón.

—Entidad no adulta, tienes muchas cosas que explicar. Como te puedes imaginar, la llegada de un murciélago blanco ha causado una gran ansiedad en los alumnos —vociferó la señorita Su Nami antes de ejecutar una sacudida de proporciones épicas que dejó empapado a Henry. Pero como estaba cubierto de pies a cabeza de inmundicia blanca apenas le importó.

—Todo empezó en clase de Ciencia Loca. La verdad es que no estaba atendiendo cuando el señor Corte explicó el experimento. En vez de eso, pensaba en lo que había dicho el entrenador Igor acerca de mejorar mi estilo en monstruo-baloncesto...

—Tu explicación se está alargando demasiado. Ve al grano o te irás castigado al calabozo, o el gozo-en-un-pozo, como lo llamo yo —interrumpió la señorita Su Nami.

—Metí la pata con el experimento, así que tuve que quedarme durante la hora del almuerzo para volver a hacerlo otra vez. Solo que me salió mal una vez más, ¡y al explotar nos ensució a mí y al murciélago!

—De acuerdo, entidad no adulta; pero eso sigue sin explicar cómo ha entrado aquí la criatura.

—Pensé que tendría gracia dejar al animalillo en mi habitación de la residencia en plan de broma, para tomarle el pelo a Cy, mi compañero de cuarto. Pero, como ve, se me escapó…

Mientras estallaban las carcajadas en la cafeterrorería, Robecca, Venus y Rochelle intercambiaron miradas y sonrieron.

—En serio, chicas, no deben creer en supersticiones, solo en hechos concretos y objetivos —sermoneó Rochelle a sus amigas.

—Ah, ¿sí? ¿Te refieres al hecho de que la señorita Alada está planeando algo con alguien y aún no tenemos ni idea de lo que pasa? —bromeó Venus.

—Sí, exacto —contestó Rochelle, a todas luces desanimada por el recordatorio de Venus.

CAPÍTULO

ocho

Cuando Venus se despertó, el cielo estaba gris y encapotado, sin el más mínimo rastro de azul. La ausencia de sol siempre le hacía sentirse mustia; al fin y al cabo, era una planta. La monstrua de color verde echó hacia atrás sus sábanas de algodón egipcio y pelaje de hombre lobo y salió de la cama; tomó la regadera y le dio a Ñamñam su ducha matutina. Mientras el agua goteaba de las hojas de su mascota, Venus volvió la mirada hacia la incipiente pila de compostaje.

En las nueve horas que habían pasado desde que Venus miró por la ventana de su habitación por última vez, alguien había vandalizado la pequeña zona de reciclaje de sustancias biodegradables. Una serie de carteles pintados a mano que proclamaban **NO QUEREMOS BASURA EN MONSTER HIGH** rodeaban ahora el perímetro de la pila de compostaje. La reacción física de Venus fue instantánea: le subió la temperatura, agitó la nariz nerviosamente y se le humedecieron los ojos. Su indignación aumentaba a ritmo exponencial mientras pensaba en Toralei, pues estaba convencida de que la felina era la culpable del reclamo.

Cegada por la rabia, ya no pudo controlarse a sí misma, ni tampoco a su nariz. La monstruita explotó, literalmente, ensuciando el cristal por completo. Tan sonoro y escandaloso fue el estornudo que despertó de golpe a Robecca y a Rochelle.

—*C'est très interessant.* Parece una obra de arte moderno —musitó Rochelle mientras contemplaba las enormes salpicaduras de polen que cubrían la ventana.

—¡Tornillos, Rochelle! Eso no dice gran cosa del arte moderno, ¿eh?

—¿Ya vieron lo que hizo Toralei con la pila de compostaje? Me estoy planteando comentárselo a Frankie y a Draculaura en la siguiente reunión de la Alondra Monstruosa. A ver, en serio, ¿qué le pasa a esa chica? ¿Por qué es una mabusona de tal categoría? —tronó Venus al tiempo que estampaba contra el suelo sus pies impecablemente arreglados.

—Detesto corregirte en un momento así, pero, como sabes, tengo mis obligaciones. «Mabusona» no es una palabra correcta, y no lo va a ser por el simple hecho de pronunciarla —aclaró Rochelle con tono cortante y un tanto académico.

De pronto, a Venus se le anegaron los ojos y la nariz le empezó a picar de nuevo.

—Rochelle, quizá no sea el mejor momento para analizar la corrección del vocabulario de Venus —aconsejó Robecca mientras se apartaba de la línea de fuego.

—Pero el párrafo 11.3 del código ético de las gárgolas estipula explícitamente que jamás se debe permitir que un momento inadecuado se interponga a la verdad.

Acto seguido, Venus soltó otro estornudo, si bien de menor tamaño, sobre Rochelle. Rociada de polvo naranja, la chica de granito esbozó al instante una amplia sonrisa de lo más peculiar.

—¡*Merci beaucoup*, Venus! Tienes toda la razón: Toralei es una mabusona. De hecho, tengo pensado anunciarlo en nuestra próxima reunión de la Alondra Monstruosa —declaró Rochelle, cuyos ojos se notaban vidriosos.

—¡Ay, ay! Esto no va a salir bien —se lamentó Robecca mientras ella y Penny miraban a Venus y, con aire de crítica, negaban con la cabeza.

Una hora más tarde, con el aspecto de haberse sometido a una maratoniana sesión de bronceado artificial, Rochelle emprendió el camino hacia el ascensor de las catacumbas. Mientras se resentía en silencio por su resplandor anaranjado, notó que algo la jalaba del suéter; luego, del brazo; después, de la pierna; al final, unas pequeñas manos grasientas tiraban de ella literalmente hacia todas partes. Rodeada por una masa de troles de olor nauseabundo y pelaje pringoso que arrojaban saliva, Rochelle soltó un sonoro suspiro. Sin duda, no era su mejor día.

—Nosotros no gustar deberes —le espetó a la cara, indignado, uno de los troles.

—¡No deberes! ¡Tú hacer! ¡Nosotros no! —gritó otro trol mientras, con gesto teatral, propinaba un puñetazo al aire.

—*S'il vudú plaît,* tienen que entender que los deberes son

una parte esencial del aprendizaje, ya que refuerzan las ideas enseñadas en clase —explicó Rochelle con cautela al tiempo que dos de los troles empezaron a agitar sus mugrientos dedos frente al rostro de la gárgola.

—¡Eh! ¡Paren su carro, troles! No son maneras de tratar a una monstrua —reprendió Deuce con brusquedad a las robustas criaturas.

—Sentimos, Duz —murmuraron los troles, que acto seguido bajaron la cabeza y se dispersaron.

Tan romántica y caballerosa resultó la escena que a Rochelle no le habría extrañado ver a Deuce a lomos de un caballo mientras el sol se ponía a sus espaldas.

—¡Deuce! *Merci beaucoup!* Qué amable de tu parte —dijo Rochelle con entusiasmo—. No me imaginé que los deberes provocarían semejante hostilidad en los troles.

—Para mí que les gusta estar enfadados, sin más. Aparte de que, debido a su estatura, tienen el clásico complejo de Napoleón —bromeó Deuce al tiempo que Cleo se acercaba a ellos por detrás.

—¡Estoy de un humor de esfinges! Acabo de consultar mi iAtaúd y ¡no van a creer lo que ha dicho esa malvada felina! —tronó Cleo mientras, indignada, daba tirones a las vendas doradas que le cubrían los brazos.

Después, la malhumorada momia propinó una leve patada a un casillero cercano con su bota color oro. En ese mismo instante, Cleo levantó la mirada y vio que Toralei se acercaba directamente a ella contoneándose.

—Quedan menos de tres semanas para Factor M y, por si no te acuerdas, somos codirectoras, es decir, socias igualitarias. Así que deja de darme órdenes de una maldita vez —espetó Cleo a Toralei con tono iracundo.

—¿Socias igualitarias? Qué fuerte. Me dijiste que te hiciera la reverencia —contraatacó Toralei.

—¡Solo después de que insinuaras que en tu jerarquía de criaturas las felinas son más importantes que las momias reales!

—No me importa lo que digas. Vamos a poner en marcha *mis* ideas para Factor M porque son mejores. Así que hazme un favor: ¡regresa a la tumba de la que hayas salido!

—¡Ni hablar, *gata chiflada*! O elegimos un término medio, para llegar a un arreglo, ¡o no hacemos nada de nada! —vociferó Cleo.

—¿*Gata chiflada*? Yo en tu lugar me andaría con cuidado. Acabo de afilarme las garras —señaló Toralei con rudeza mientras agitaba nerviosamente las orejas.

—¿Me estás amenazando? ¡Qué salvaje!

—Toralei, y ¿si te subes tú primero en el ascensor de las catacumbas? Será mejor que bajen por separado —propuso Deuce con voz calmada al tiempo que tiraba de Cleo para apartarla de su rival.

A pesar de la amplia colección de siseos y gruñidos, Toralei y Cleo consintieron en separarse, renunciando a la inminente pelea momia-contra-gata.

La clase de Catacumbing empezó como siempre, es decir, con una charla sobre la importancia de llevar gafas protectoras y guantes durante las excavaciones. Y aunque ni el señor Momia ni Rochelle se lo dijeron a nadie, este recordatorio diario en materia de seguridad había sido idea de la gárgola. Rochelle opinaba que los monstruos adolescentes estaban demasiado obsesionados consigo mismos como para acordarse de cualquier otra cosa y, por lo tanto, requerían avisos frecuentes.

—Acuérdense, monstruos y monstruas, siempre es mejor investigar con mano firme y mente abierta —instruyó el señor Momia al tiempo que hacía señas a los alumnos para que se dirigieran a las galerías y comenzaran a excavar.

—Vamos, chicas, tomen las herramientas. A cavar se ha dicho —indicó Robecca poniéndose sus guantes y sus gafas protectoras.

—¿Herramientas? Y esto ¿qué es? —preguntó Rochelle mientras colocaba en alto sus garras con manicura impecable—. Hasta Truco y Trato se consideran mejores que cualquiera de las herramientas que hay aquí.

—Truco y Trato —repitió Robecca al tiempo que lanzaba una mirada a los troles de rostro avinagrado—. Nunca lo diría delante de Penny, pero hay algo en los troles que me recuerda a ella. Solo que no sé de qué se trata exactamente.

—Como sabes, mi código de conducta me exige que responda a tus preguntas con sinceridad. Es la desagradable expresión facial de Penny. Al igual que los troles, siempre parece muy desdichada, *très grognon*.

—Corta el rollo, vamos —susurró Venus a Rochelle al fijarse en las pequeñas volutas de vapor que salían de los orificios nasales de Robecca.

—¿Piensas que Penny parece desdichada? ¿Como si tuviera permanentemente algo metido entre ceja y ceja? —preguntó Robecca llevada por la emoción.

—Sí, claro que parece desdichada. Por eso Venus la llama Penita Penny —replicó Rochelle con franqueza, acaso con excesiva franqueza.

—¡En serio, Rochelle! ¿Ese detalle era realmente necesario? —resopló Venus.

—¿Crees que es por mi culpa? ¿Crees que soy la razón por la que Penny no es feliz? —se preguntó Robecca en voz alta mientras la invadía una terrible combinación de culpabilidad y desconfianza en sí misma.

—En absoluto. Es su forma de ser, nada más. Igual que Rochelle, como gárgola que es, no puede evitar decir la verdad aun cuando resulte de lo más inapropiado y supermolesto —declaró Venus clavando la mirada en su amiga fabricada de piedra.

—¡Chicas! Puede que no hayan caído en la cuenta, pero estamos en clase de Catacumbing, y no de «chácharing». Por si no se han fijado, todos sus compañeros ya han empezado a cavar —amonestó el señor Momia, cuyas manos aferraban con fuerza las solapas de su chaleco azul de punto.

—Lo sentimos, señor Momia. Nos pondremos a cavar sobre la marcha —habló Robecca mientras se dirigía a la galería subterránea más cercana.

—Sospecho que la mayor parte de los puestos de ahí están ocupados. ¿Por qué no prueban en otra galería? —propuso el señor Momia señalando la que se encontraba en el extremo más alejado del aula.

El estrecho y poco iluminado pasadizo resultaba más bien austero, pues carecía de las esculturas de calaveras y los retratos a tamaño real que decoraban el resto de las catacumbas. Unos cuantos candelabros de hierro forjado en las paredes y el barandal de cadenas eran los únicos adornos a la vista. Ubicado justo en medio de una curva muy cerrada se hallaba el solitario puesto de excavación y, por el aspecto que presentaba, no había sido ocupado desde largo tiempo atrás.

Tras la curva, el puesto parecía estar cercado por grandes raíces arbóreas que cubrían la entrada. Clavado en una de las raíces había un letrero torcido que rezaba:

AL POZO DE LOS DESEOS

—Me pregunto adónde conduce —comentó Robecca.

Rochelle, siempre una alumna entusiasta, hizo caso omiso del letrero encogiéndose de hombros y, a toda velocidad, se abrió camino con sus garras color turquesa.

—No nos han encargado investigar un pozo de los deseos.

—No puedo creer que jugar en la mugre sirva de algo. Es como volver a la guardería —comentó Venus mientras observaba a Rochelle, que revisaba detenidamente un pequeño montón de tierra.

—Por favor, no menciones la guardería. Siempre me han dado envidia las monstruas que tuvieron la oportunidad de ir creciendo poco a poco —respondió Robecca en voz baja—. Como saben, mi padre me construyó, de modo que llegué al mundo tal como soy ahora.

—¡Ajá! —exclamó Rochelle con un chillido al tiempo que extraía del suelo una antigua llave de plata.

—Si te hace sentir mejor, creo que la guardería está totalmente sobrevalorada —consoló Venus a Robecca.

—Mi padre siempre decía que no veía el sentido de que los niños fueran al colegio solo a echar la siesta y a comer tentempiés. Ay, espero poder volver a verlo algún día... —dijo Robecca sin terminar la frase.

—Lo verás —le aseguró Venus mientras rodeaba a su amiga con un brazo cubierto de vides.

—*Qu'est que c'est?* —soltó Rochelle de sopetón—. Siento muchísimo tener que interrumpir la sesión de sustoterapia; pero acabo de encontrar una cosa...

—¿Otra llave? —se interesó Venus.

—No, un muñeco —respondió Rochelle mientras sacaba de la tierra una figurita de madera.

Tras retirar la tierra con sumo cuidado, las tres amigas examinaron la figura toscamente tallada, que tenía grandes ojos negros y el ceño muy fruncido.

—Ha pasado bastante tiempo desde la última vez que jugué con muñecos, pero este me pone las hojas de punta —murmuró Venus inspeccionando la estatuilla con gran atención.

—¡Ay! ¡Es horroroso! Solo con mirarlo me da un yuyu… —replicó Robecca, nerviosa.

—¿Dónde está el señor Momia? Me muero de curiosidad por oír qué le parece —dijo Rochelle, a todas luces intrigada por su descubrimiento.

CAPÍTULO
nueve

Son un trío de monstruas de lo más afortunado por haber encontrado un artefacto como este en un estadio tan temprano de su carrera arqueológica —aseveró el señor Momia con una leve nota de envidia—. Tardé años en encontrar algo de semejante importancia. De hecho, si recuerdo bien, durante mis siete primeros meses no encontré más que llaves…

—No se sienta mal. Nosotras también hemos encontrado muchas —aportó Venus con tono tranquilizador—. Y bien, ¿qué es?

—Un muñeco maldito —declaró el señor Momia al tiempo que examinaba de cerca al objeto toscamente tallado—. A lo largo de la Historia, esta clase de muñecos han sido entregados por los adivinos como advertencia de que la mala fortuna se hallaba próxima.

—Genial, justo lo que necesitábamos: más signos de mala suerte en nuestra dirección —murmuró Venus con sarcasmo.

—Señor Momia, mis monstruoamigas son extremadamente supersticiosas, al igual que, según he comprobado, la mayoría de los monstruos —explicó Rochelle mirando al profesor cara a cara.

—No tienen por qué preocuparse. Los gatos blancos no pueden predecir el futuro, ni los murciélagos blancos o los muñecos malditos, ni siquiera los adivinos. Acuérdense, el conocimiento es la cura de todo maleficio —pontificó el señor Momia como si estuviera aleccionando a una clase completa.

—Gracias por sus sabias palabras, señor Momia —dijo Rochelle, satisfecha por la presencia de otra mente lógica.

—¿Qué hacemos con él? ¿Lo guardamos en el armario de los artefactos arqueológicos? —preguntó Robecca con voz temblorosa, aún asustada por el muñeco de extraño aspecto.

—Señor Momia, sé que resulta poco ortodoxo, pero ¿podría quedármelo de recuerdo? —preguntó Rochelle.

—No veo por qué no. Yo mismo tengo varios —respondió el señor Momia mientras Venus y Robecca tragaban saliva de manera audible, evidentemente incómodas ante la perspectiva de que Rochelle trasladara la figura de ojos negros a la habitación común.

El resterrorante de Salem se había convertido en un frecuentado punto de reunión después de las clases, casi en la misma medida que el Café Ataúd, sobre todo para los alumnos internos de Monster High. Al fin y al cabo, la comida de la cafeterroría podía soportarse solo hasta ciertos límites. Sentados en un reservado en forma de curva, con mullidos cojines de color rosa, Robecca, Rochelle, Venus y Cy Clops daban sorbos de Monster-Cola servida en tazones negros con alas de murciélago a modo de asas. En el centro de la mesa, enderezado de manera evidente, se hallaba el muñeco maldito de aspecto siniestro.

—Soy consciente de que, como cíclope, debería compadecerme de quienes tienen problemas oculares; pero los ojos de este muñeco son espeluznantes, la verdad —comentó Cy mientras apartaba a un lado su plato de cerebritos fritos medio vacío.

—Ya puedes decir lo que quieras, Rochelle. Esa cosa no va a entrar en nuestra habitación —declaró Venus con firmeza.

—Te comportas de una manera ridícula. No es más que un muñeco, un objeto inanimado —alegó Rochelle negando con la cabeza en dirección a su amiga con aire de incredulidad.

En ese instante, Cy alargó el brazo para tomar su Monster-Cola, pero, dado que sufría de una pésima percepción de la profundidad, volcó el muñeco sin querer.

—Lo siento, chicas —se disculpó Cy en voz baja.

—No pasa nada —lo tranquilizó Robecca mientras colocaba su mano color cobre en el brazo de Cy, para gran alegría del cíclope.

—*Zut!* Me parece que se ha resquebrajado —observó Rochelle tomando el muñeco—. O a lo mejor no...

Entonces, Rochelle giró la figura hasta abrirla y dejó a la vista un pequeño espacio lleno de telarañas, en cuyo interior se encontraba un desgastado pergamino amarillento.

—¿Qué dice? —preguntó Cy, nervioso, al tiempo que Rochelle desenrollaba el antiguo manuscrito.

—«Creen que se pueden fiar de ciertas criaturas, pero no es verdad» —leyó Venus por encima del hombro de Rochelle.

—¿Qué significa eso? —preguntó Robecca.

—No lo sé —respondió Venus mientras le quitaba el pergamino a Rochelle y se lo llevaba a la nariz—. Tiene un olor dulce, como a rosas y a lilas…

—¿Puedo? —dijo Rochelle, y apretó el pergamino contra su pequeña nariz gris—. Me resulta muy familiar. Debe de parecerse al que se pone mi *grand-mère*.

—Mi intuición podría estar oxidada, pero a mí me recuerda a la señorita Alada —murmuró Robecca con reticencia.

—Sí, es verdad —convino Venus a regañadientes, frunciendo el ceño por la preocupación.

—Quizás esté reaccionando de una manera exagerada, pero creo que esto merece una visita al señor Momia —informó Rochelle a sus amigos con tono reflexivo.

Al salir del resterrorante, vieron en la barra a Frankie y a Draculaura, quienes sentadas una al lado de la otra en los taburetes decorados con motivos arácnidos compartían un licuado rico en hierro.

—En serio, Lala, no entiendo cómo puedes beber tantos licuados como este —decía Frankie al tiempo que se daba toquecitos en las comisuras de su boca de color verde—. ¡Hola, chicas! ¡Hola, Cy!

—Frankie, Draculaura, no es nuestra intención interrumpir su ingesta de bebidas. Solo queríamos decir *buujour* a nuestras compañeras de la Alondra Monstruosa antes de irnos en busca del señor Momia —dijo Rochelle educadamente, con el muñeco maldito encajado bajo el brazo.

—¡Alondras monstruosas para siempre! —exclamó Frankie con un guiño—. Estábamos comentando lo que vamos a hacer para Factor M, el concurso de talentos monstruosos. ¿Pueden creer que solo quedan un par de semanas? Y ustedes, chicas, ¿han decidido ya? —preguntó Frankie al trío.

—Mmm, todavía no —contestó Robecca, avergonzada porque aún no habían empezado a pensar en Factor M.

—Ah, y si están buscando al señor Momia, deberían probar en el Café Ataúd. Creo que ha organizado una especie de grupo de apoyo de profesores con la señora Atiborraniños, el doctor Pezláez, e incluso el señor Corte. Al parecer, consideran que impartir clase a monstruos adolescentes es superduro, pero yo, a ver, opino que no es ni mucho menos tan duro como *ser* un monstruo adolescente —bromeó Draculaura y, acto seguido, esbozó una sonrisa que dejó sus colmillos a la vista.

Tras un corto trayecto hasta el Café Ataúd, Robecca, Rochelle, Venus y Cy descubrieron que Draculaura, en efecto, estaba en lo cierto: los profesores habían constituido un grupo de apoyo o, más acertadamente, una sesión de lamentos.

—Ninguno aprecia el arte de la cocina. Por eso quiero una prohibición en toda la ciudad de toda clase de comida para llevar y platos para calentar en el micro-ondas. Entonces no tendrán más remedio que aprender a cocinar —despotricó la señora Atiborraniños, que fue interrumpida por el señor Corte.

—¡Eso no es nada! Hay chicos que se pasan el día pidiéndome que les preste mi máscara; quieren usarla para asustar a sus amigos —resopló el profesor de Ciencia Loca.

Insegura sobre si debía interrumpir la reunión o bien esperar, finalmente Rochelle dio paso a la acción, al recordar que el código ético de las gárgolas estipula que siempre conviene dar voz a las preocupaciones lo antes posible.

—¡Chispas! Lamentamos interrumpirlos cuando están charlando y bebiendo sus cafés helados con nata, pero ¿podríamos hablar con usted un segundo, señor Momia? —preguntó Robecca educadamente.

—Claro que sí —declaró el profesor cubierto de vendas al tiempo que se levantaba de la mesa.

—En condiciones normales no le molestaríamos después de las clases, pero hemos encontrado esta nota escondida dentro del muñeco maldito. Y huele un poco al perfume de la señorita Alada —explicó Venus.

El señor Momia echó una rápida ojeada al pergamino, se lo llevó a la nariz y, al instante, negó con la cabeza.

—Chicas, huele a flores. Podría ser el perfume de cualquiera. Además, seguramente ha pasado más de un siglo ahí dentro. Confíen en mí, quienquiera que nos esté advirtiendo lleva mucho tiempo desaparecido —aseguró el señor Momia, quien luego les devolvió la nota y salió del Café Ataúd con los demás profesores.

—Por última vez, ¡Egipto no va a ser el tema! —vociferó Toralei con voz aguda, atrayendo la atención de cuantos se encontraban en el establecimiento.

—Perfecto, pero ¡tampoco vamos a tener una ambientación de gatos rayados! —contraatacó Cleo, furiosa.

A un par de metros de distancia se hallaba el dúo en perpetuo conflicto que formaban Toralei y Cleo. Cada una sujetaba un café helado con nata. No obstante, las respectivas bebidas no estaban simplemente en reposo entre sus dedos, sino que apuntaban a su oponente como si de armas se tratara.

—Nena, quiero que sueltes el café helado —ordenó Deuce a Cleo—. Llevas tu overol de gasa dorada preferido. No querrás que se te eche a perder, ¿verdad?

—Arruinaría todos los modelos de mi tumba antes que acceder a un Factor M con el tema de los gatos.

—No digas eso, Cleo. Me pone las serpientes de punta —murmuró Deuce mientras lanzaba a Clawdeen una mirada de preocupación.

—¿Toralei? ¿Cleo? Y ¿si las dos bajan sus bebidas a la vez? —sugirió Clawdeen mientras jugueteaba con las puntas de su melena, impecablemente arreglada—. Entonces, nos sentaremos y llegaremos a alguna clase de arreglo. Tal vez un espectáculo con el tema de felinos egipcios, o acaso algo que no tenga nada que ver ni con Egipto ni con gatos.

—Olvídalo, Clawdeen. No va a pasar. Solo nos quedan dos semanas, así que lo vamos a hacer a *mi* manera, la cual, ni que decir tiene, es la mejor —declaró Toralei al tiempo que levantaba ligeramente su café helado con nata, incitando a Cleo a que hiciera lo propio.

A medida que la tensión iba en aumento, todos los ojos en el Café Ataúd se clavaron en Toralei y Cleo. Nadie se movió; nadie pronunció palabra; todo el mundo se limitó a observar cómo las dos ególatras más célebres de Monster High combatían por hacerse con el control.

Habiendo fracasado en convencer a Toralei y a Cleo, Deuce y Clawdeen, ansiosos por escapar de la línea de fuego, dieron un paso atrás. Pero mientras ambos se batían en retirada, Jinafire se acercó. Tras escuchar la conmoción, la dragona de Vhampgái no pudo sujetar su lengua, ni su fuego, por más tiempo.

—Perdonen, chicas, no he podido evitar oír su dilema. Creo que un viejo proverbio chino les podría servir de ayuda —interrumpió Jinafire—. «Si luchas contra tu enemigo con el corazón abierto, pronto podría ser tu amigo».

—¿De dónde ha salido eso? ¿De una galleta de la fortuna? —replicó Toralei con tono grosero.

—Más bien de un libro de refranes inútiles —resolló Cleo sin dejar de clavar los ojos en Toralei.

—Las dos son muy irrespetuosas y muy inmaduras —respondió Jinafire, quien acto seguido prendió en llamas el café de Cleo y el de Toralei, obligando a ambas monstruas a soltarlos de inmediato.

—¡Ahhh! Pero ¿qué bicho te ha picado? —bramó Cleo, desconcertada por la repentina explosión de fuego.

—¡En serio! ¿Es que te has vuelto loca? —espetó Toralei a Jinafire—. Ah, y ya puedes olvidarte de que te inviten a unirte a la Alondra Monstruosa, porque, óyeme bien, nunca va a pasar. Y cuando digo nunca, es *nunca*.

—No juegues con los dragones a menos que estés dispuesta a quemarte —advirtió Jinafire con un tono calmado que resultaba de lo más inquietante.

—Vaya manera de dar mala fama a los dragones —siseó Toralei.

—No doy mala fama a los dragones. Es su actitud la que da mala fama a los monstruos —replicó Jinafire—. Y para que lo sepan, anoche mismo la señorita Alada me dijo que soy muy valiosa, no solo para la comunidad de dragones, sino para todo Monster High.

—Ya sea un verdadero hechizo o una buena dosis de adulación, la señorita Alada les está haciendo algo a Skelita y a Jinafire, eso seguro. Y, para variar, no tenemos ni idea del porqué —susurró Venus a Robecca y a Rochelle.

—*Pardonnez-moi*, Venus, solo un segundo —se disculpó Rochelle, y acto seguido hizo una seña a Jinafire para que se acercara y le dijo—: Aunque alabo tu método directo de resolución de conflictos, debo recordarte que la utilización de fuego en interiores resulta muy peligrosa.

—Te agradezco tu consejo, pero debes saber que la señorita Alada me ha autorizado a emplear mi fuego cuando lo considere oportuno —respondió Jinafire con tono de seguridad.

Dicho esto, la joven dragona asintió con la cabeza, sonrió y se alejó caminando.

—O se le han subido los humos por los halagos de la señorita Alada…

—O bien está bajo el control de la malvada dragona… —interrumpió Rochelle a Venus—. Aunque si la señorita Alada está controlando a la chica, no es con susurros. Jinafire no actúa como lo hacían los demás el trimestre pasado.

—Bien, entonces me figuro que lo añadiré a la enorme lista de cosas que tenemos todavía por resolver —se quejó Venus, abrumada por la frustración que sentía.

Mientras tanto, con los pies rodeados de charcos de helado café con nata, Cleo y Toralei continuaban clavándose miradas venenosas la una a la otra.

—Tornillos desatornillados, ¡qué desastre tan terriblemente monstruoso! ¿Quién se imaginaba que era posible quemar un café helado? —comentó Robecca con entusiasmo a Cleo y a Toralei mientras Cy se apostaba a sus espaldas—. Me encantará ayudar en la tarea de limpieza a mis compañeras de la Alondra Monstruosa, y no es que ninguna de ustedes haya sido especialmente acogedora; pero siempre hay otra oportunidad.

—Yo también puedo ayudar —se ofreció Cy amablemente antes de que Cleo y Toralei se dieran la vuelta y se alejaran con paso airado sin articular palabra.

—O lo podemos hacer nosotros solos —bromeó Robecca con Cy—. No hay de qué preocuparse, la limpieza al vapor es mi especialidad.

ás adelante aquella misma noche, mientras se encontraban confortablemente arropadas en sus respectivas camas, Robecca, Rochelle y Venus se pusieron a reflexionar sobre el mismo asunto: la nota encontrada en el interior del muñeco maldito. ¿Estaba en lo cierto el señor Momia? ¿Se trataba tan solo de una antigua reliquia? O ¿había algo más? ¿Era necesario investigar el leve aroma a perfume?

Horas después, la mente de Rochelle se inquietó, si bien la joven estaba convencida de que se trataba de un sueño. Sencillamente, no existía otra explica-

159

ción para la estrechez que notaba alrededor del cuerpo; era como si se encontrara encerrada en un capullo. Incapaz de moverse y rodeada por la blancura más absoluta, la gárgola se obligó a despertar una y otra vez. «¡Despierta ahora mismo!». Pero nada ocurrió. Molesta por su incapacidad para librarse del sueño, la malhumorada Rochelle protestó de forma ruidosa.

—¡Por los remaches de mi abuela! ¿Qué le ha pasado a nuestra amiga? ¡La han momificado! —gritó Robecca con la voz atontada de quien se acaba de despertar.

—*Buu là là!* ¿Qué está pasando? —preguntó a gritos Rochelle, perpleja.

—¡Aguanta, Ro! ¡Allá voy! —indicó Venus a su amiga.

Un repentino estallido verde atravesó el muro blanco, rescatando a Rochelle de la incolora monotonía. Tras unos segundos de forcejeo, Rochelle fue liberada de lo que, según ahora podía ver, se trataba de un elaborado capullo de telarañas.

—Me parece que quizá sea hora de volver a soltar a Ñamñam en el pasillo. Salta a la vista que a la población de arácnidos no le vendría mal una ingestión controlada —comentó Venus antes de guiñar un ojo a la traviesa planta corta de vista que tenía por mascota.

—Me sorprende que los murciélagos no se hayan comido a las arañas —reflexionó Robecca en voz alta—. A menos, claro está, que ya no les gusten. A mí me pasó con el pollo asustado. Después de comerlo a diario durante un mes, de pronto dejó de gustarme.

—*Buu là là*. Las costuras son *vampitastiques* —comentó Rochelle ignorando por completo a Robecca mientras recogía una ristra de la tela de araña y se la enrollaba al cuello a modo de bufanda—. Es de lo más chic, *n'est-ce pas?*

Tan elaborado y descomunal era el capullo que horas más tarde, cuando se encontraba en la clase de

Cocina y Manualidades de la señora Atiborraniños, Rochelle seguía arrancándose del pelo sedosos hilos de araña.

—No te preocupes por las telarañas. De hecho, te sientan superbien, como la escarcha en los árboles de Navidad de los normis. ¡Eh! ¡Podías hacer eso en Factor M! Disfrazarte de árbol de Navidad normi —sugirió Robecca en plan broma mientras preparaba una porción de salsa godzilla.

—No me parece muy elogioso que me comparen con un árbol de Navidad normi —replicó Rochelle al tiempo que continuaba buscando hebras sueltas.

—Luego voy a dar una clase de patinaje laberíntico a Howleen Wolf, por si te apetece acompañarnos. Tras unas cuantas buenas piruetas, los restos de telaraña habrán salido volando —ofreció Robecca con una sonrisa.

—Por cierto, ¿cómo van tus clases? —se interesó Venus—. Dice Draculaura que no ha recibido queja alguna sobre tu impuntualidad. Estoy impresionada.

—Mmm, eh... —balbuceó Robecca.

—No tienes por qué tartamudear, Robecca. No hay nada vergonzoso en admitir que Cy te acompaña a las clases —le dijo Rochelle sin rodeos.

—¡Madre mía! Creía que no se habían enterado. Chicas, ya sé que es una tontería, pero trataba de impresionarlas, de demostrarles que cuando me lo propongo, soy capaz de llegar a tiempo —admitió Robecca con aire de culpabilidad.

—¿Tratabas de impresionarnos? Pero ¡si somos tus monstruoamigas! Además, no pasa nada por tener un reloj interno escacharrado —explicó Venus, y luego arqueó las cejas—. De hecho, considero que tener algún defecto rarito es poco menos que una obligación. A menos, claro está, que consista en querer controlar el instituto y, posiblemente, destrozar una cosecha completa de jóvenes criaturas librepensadoras.

—El deseo de controlar o manipular al prójimo no es un «defecto rarito»; es más bien un grave trastorno de la personalidad —aclaró Rochelle a sus monstruoamigas mientras Vudú entraba en el aula como alma que lleva el diablo, agitando los brazos con violencia en el aire.

—¡Atrás, Frankie! ¡Yo te protegeré! —gritó Vudú a voz en cuello antes de arrojarse sobre la hermosa monstruita de color verde, quien estaba sentada a poca distancia.

—¡Vudú! Pero ¿qué haces? —preguntó Frankie reprimiendo una carcajada.

Pero antes de que Vudú pudiera contestar, Lagoona respondió la pregunta de Frankie.

—La mala suerte acaba de llegar a tu puerta. Y tiene una pinta bastante esponjosa —anunció la criatura marina procedente de Australia mientras, no sin cierta aprensión, contemplaba a un gato blanco de abundante pelaje que seguía a Vudú.

—*Miau* —maulló la peluda criatura, con orejas inusualmente grandes, bigotes sumamente largos y nariz rosa chicle.

—¿Es oficial? Porque puede que te mencione en mi blog —dijo Spectra Vondergeist, la fantasma de pelo púrpura, mientras sus cadenas tintineaban.

—¡*Miau*! —volvió a maullar el gatito antes de detenerse a lamer una garra.

—¿Es todo lo que sabe decir? Porque «miau» no es lo que se dice una gran exclusiva —murmuró Spectra sin dejar de clavar los ojos en el animalillo de color blanco.

—¡Alumnos! ¡Deben permanecer tranquilos! —exclamó la señora Atiborraniños, tan asustada como si acabara de presenciar la llegada de la peste.

—¡Llamemos a la Nami! —gritó Vudú, aún tumbado encima de Frankie.

—Miren, soy una chica tan supersticiosa como cualquier otra, pero estoy convencida de que esto es obra de Henry Jorobado. El otro día hizo lo mismo en la cafeterroría —tranquilizó Frankie a sus compañeros al tiempo que, en vano, trataba de quitarse a Vudú de encima.

—Bien dicho, compañera —aprobó Lagoona con un sonoro suspiro de alivio—. Seguramente tiñó de blanco al animalillo en Ciencia Loca para tomarnos el pelo.

Mientras el aula se relajaba, Rochelle se fijó en algo que el gato llevaba sujeto al collar y se aproximó.

Era un pergamino de pequeño tamaño, igual que el que habían encontrado en el interior del muñeco maldito.

—*Regardez*, lleva algo en el collar —susurró Rochelle a Venus.

—Señora Atiborraniños, me ofrezco voluntaria para llevar a este animal al despacho de la directora Sangriéntez —propuso Venus con suma educación.

—¡Yo también! —añadió Rochelle.

—¡Y yo! —saltó Robecca.

Una vez que el trío de amigas se encontró a salvo en el pasillo con el gatito, Venus sacó el amarillento pergamino del collar del animal.

—También tiene hilos de araña. Esas criaturas están por todas partes, vaya que sí —observó Venus mientras desenrollaba la nota.

—¿Qué pone? —instigó Robecca a Venus con impaciencia.

—«Serán nuestra perdición. Solo es cuestión de tiempo» —leyó Venus, y acto seguido se acercó el pergamino a la nariz—. Rosas y lilas…

—¿Es que alguien trata de advertirnos sobre la señorita Alada? ¿Con quién estará maquinando? —reflexionó Venus en voz alta.

—¿Te refieres a que el perfume sea una pista que nos conduzca a la señorita Alada? —especuló Robecca.

—O ¿que quizá las notas huelan a la señorita Alada porque las escribe ella? —intervino Rochelle.

—¡Uggh! Esto me está atascando los pistones —dijo Robecca entre balbuceos—. Ya sé que quedamos en no hablar con la directora Sangriéntez ni la señorita Su Nami hasta tener pruebas concluyentes, pero para mí que hay que volver a pensarlo.

—Estoy de acuerdo. Voto por la señorita Su Nami. Siempre ha sospechado de la señorita Alada más que nadie —contestó Venus.

Una fina llovizna cubría las frondosas praderas de Monster High, provocando que las verdes briznas de hierba centellearan bajo la tenue luz de la tarde.

—¿Dónde está la señorita Su Nami? Como siga aquí fuera un rato más, me voy a oxidar sí o sí —gimoteó Robecca bajo su paraguas.

—Ahí está —anunció Venus elevando la voz al ver que la señorita Su Nami, junto con un trío de troles, trabajaba con diligencia para arrancar una pancarta de gran tamaño de la reja que rodeaba el instituto—. Señorita Su Nami, tenemos que hablar con usted, es urgente… —comenzó a decir Venus antes de ser interrumpida sin contemplaciones por la impetuosa mujer.

—Si ven a Vudú, díganle que está castigado en el gozo-en-un-pozo —ladró la señorita Su Nami mientras los troles arrancaban el póster que rezaba:

Yo ❤ FRANKIE STEIN

—No más corazón —gruñó uno de los troles, que procedió a rasgar la pancarta por la mitad.

—Entidades no adultas, saltarse las clases va en contra de las normas, así que les pido que me acompañen al gozo-en-un-pozo como castigo preceptivo.

—Por mí, perfecto. Cualquier cosa con tal de alejarme de la lluvia —gimoteó Robecca.

Una vez de vuelta, sanas y salvas, en el pasillo principal, Venus explicó que tenían permiso de la señora Atiborraniños para abandonar la clase y llevarle el gato blanco.

—Si lo que dices es verdad, entidad no adulta, ¿dónde está el gato? —inquirió la señorita Su Nami con tono agresivo.

—Dado que mis monstruoamigas son un tanto supersticiosas, lo he metido en mi mochila —explicó Rochelle, y sacó la pequeña y mullida bola de pelusa.

—Por lo general, cuando veo un gato blanco, me tiemblan las piernas y se me pone la carne de gallina; pero ya que no se trata más que de una travesura, cortesía de Henry Jorobado, me importa un bledo, la verdad —declaró la señorita Su Nami, quien acto seguido se giró hacia uno de los troles—: De todas formas, saquen a ese felino de Monster High.

—Señorita Su Nami, pensamos que no solo se trata del gato. Hace poco nos encontramos un par de notas siniestras, y ambas olían un poco al perfume de la señorita Alada —explicó Robecca.

—Paren un momento. Esto es obra de un bromista, nada más. Así que dejen de imaginarse problemas, porque no hay ninguno, y vuelvan a la clase —instruyó la señorita Su Nami con firmeza antes de salir por el pasillo como un huracán.

Todavía empapadas por la caminata en el exterior, Robecca, Rochelle y Venus decidieron que lo más sensato era cambiarse de ropa antes de volver a clase. Pero justo al tomar la curva del pasillo de la residencia, se fijaron en la inconfundible silueta de la señorita Alada junto a la puerta de la habitación del trío.

—Señorita Alada —dijo Rochelle, sobresaltando a la mujer dragón—, ¿podemos ayudarla?

—Ah, no, solo venía a verlas por si querían tomar el té conmigo después de las clases —explicó la señorita Alada—. Acabo de comprar unos ogritos de arándanos deliciosos.

—Gracias por la invitación, pero tenemos muchos deberes que hacer —respondió Venus con un tono de lo menos amistoso.

—Debo decir, señorita Alada, que me sorprende sobremanera el hecho de que se acerque a nuestra habitación a esta hora a invitarnos a tomar el té. Al fin y al cabo, estamos en plena hora de clases —señaló Rochelle, cuyas sospechas indiscutiblemente se habían despertado.

—En condiciones normales no lo haría, pero acabo de recibir un *e-mail* de Jinafire en el que me dice que las tres salieron antes de Cocina y Manualidades. Así que pensé que podía ser un buen momento para verlas —explicó con voz suave la señorita Alada antes de dirigirse con paso ligero y elegante, como si se desplazara en el aire, a su habitación.

—Jinafire nos está espiando y mantiene a la señorita Alada al corriente de nuestras idas y venidas —susurró Venus al entrar en la cámara de Masacre y Lacre.

—*Buu là là,* es de lo más desconcertante —murmuró Rochelle, abatida—. Da la impresión de que Skelita y Jinafire están definitivamente bajo su control.

Tras cambiarse y ponerse ropa seca, el trío empezó a bajar por la rechinante escalera rosa camino de la clase de la señora Atiborraniños. A los pocos segundos les sobresaltó una repentina sacudida que atravesó las paredes.

—¿Qué ha sido eso? —preguntó Venus a Robecca y a Rochelle al tiempo que les hacía señas para que la siguieran.

De pie, en mitad del pasillo y rodeada de una plétora de troles, se encontraba la señorita Su Nami, quien denotaba una indignación sin límites. Tan furibunda se hallaba la empapada mujer que, literalmente, soltaba espuma por la boca. Al acercarse poco a poco, las tres amigas se dieron cuenta de que los troles no estaban solo rodeando a la señorita Su Nami, sino que la retenían para evitar que volviera a lanzar su «maremoto» contra la pared.

En el instante mismo en que Robecca se disponía a abrir sus labios chapados con cobre para preguntar qué ocurría, descubrió unas letras grandes y negras garabateadas en los casilleros. El mensaje, al igual que los demás que había visto, era breve e iba al grano:

TE ESTÁN OBSERVANDO

—¡El vandalismo va en contra de la política de Monster High! —vociferó, enfurecida, la señorita Su Nami.

—Señorita Su Nami, ¡tiene que calmarse! Temo que la cabeza le salga volando del cuerpo y, aunque se trata de una ocurrencia de lo más común en mí, no se puede decir lo mismo respecto a usted —advirtió la directora Sangriéntez mientras contemplaba el grafiti—. Aunque sobra decir que comprendo su furia con el bromista.

—¡Que alguien me traiga a Henry Jorobado! —chilló la señorita Su Nami.

—Él en casa enfermo, hoy no venir —gruñó en respuesta uno de los troles.

—Siempre he pensado que las travesuras son contagiosas, ¡y ahora ya tengo la prueba! —exclamó a gritos la señorita Su Nami—. En cuanto averigüe quién es el culpable, lo expulsaré, le prohibiré participar en Factor M ¡y lo condenaré a limpiar las dependencias de los troles!

No transcurrió mucho tiempo antes de que Spectra Vondergeist —la bloguera más célebre del instituto Monster High— recogiera la historia, llegando al extremo de otorgar el apodo de «grafitero agorero» al anónimo culpable. En cuestión de días, un nuevo fenómeno conocido como «ponle cara al grafitero» arrasaba en el instituto. Los alumnos pasaban cada momento libre que tenían intentando adivinar la identidad del misterioso escritor de mensajes en las paredes. Y a medida que el número de grafitis iba en aumento, lo mismo sucedía con la curiosidad que rodeaba a su autor.

—¿Qué bicho ha picado a los alumnos y los profesores? —preguntó Venus a sus compañeras de cuarto con comprensible frustración mientras escuchaba a un cercano puñado de criaturas parlotear sobre el grafitero agorero—. ¿Cómo se pueden creer esas bobadas? ¿En serio piensan que esto es obra de un artista secreto?

—He oído que algunos de los cabezas de calabaza se están planteando interpretar una canción sobre el tema en Factor M —comentó Robecca mientras, incrédula, negaba con la cabeza.

—Por desgracia, la situación producida puede resumirse de una manera realmente sencilla —declaró Rochelle con un cierto tono sombrío—. Quienes olvidan el pasado están condenados irremediablemente a repetirlo.

CAPÍTULO
once

o más *miau*! ¡No *miau*!

—¡Gatito malo! ¡Gatito malo!

—¡Por aquí! ¡No, por aquí!

—¿Gato sordo? ¿Por qué no escuchar?

La visión resultaba graciosa: los troles llevaban en manada a los gatos por los pasillos. Los gatos, de forma muy parecida a los troles, no escuchan a nadie; cambian de idea según se les antoja y, por lo general, buscan su propia satisfacción por encima de todo. Así las cosas, no era de extrañar que el pastoreo de gatos se hubiera convertido en un fastidioso añadido a la carga de trabajo de los troles. Pero en vista del elevado número de felinos blancos que aparecía día tras día en Monster High, dicho pastoreo formaba parte imprescindible del con*trol* de los pasillos.

Tras retirar de los collares de los gatos las notas escritas en pequeños pergaminos, los troles soltaban a las criaturas a las afueras de la ciudad. Sin saber a ciencia cierta cómo enfrentarse al problema, la directora Sangriéntez había creado un plan llamado Normis por los Mininos, mediante el cual los animales eran trasladados a refugios en ciudades cercanas habitadas por normis. Dado que los normis apreciaban en gran medida a los gatos peludos, sobre todo a los blancos, a los que podían otorgarles nombres tales como Bola de Nieve, la directora Sangriéntez consideró que se trataba de una solución sensata.

—¡Truco! ¡Trato! —vociferó Rochelle—. ¡Ahí están! Deuce y yo llevamos esperando casi veinticinco minutos. ¿Es que se han olvidado de que tenemos una clase?

—¡Los gatos! ¡Los gatos! —gritó Truco.

—¡Gatos, todas partes! —chilló Trato, y ambos salieron corriendo detrás de un gatito despistado.

—No es precisamente un placer para la vista, ¿verdad? —bromeó Deuce mientras observaban cómo Truco y Trato se alejaban con andares pesados.

—Al menos están haciendo ejercicio. Ojalá los gatos pudieran enseñarles a mantenerse limpios —se mofó Rochelle.

—Más vale que esperes sentada —comentó Deuce con tono afectuoso al tiempo que daba palmaditas en el brazo de Rochelle antes de saludar a Cleo, que se acercaba a toda velocidad.

Aunque el simple roce de la mano de Deuce seguía provocándole carne de gallina en la fría piel de granito de Rochelle, la joven gárgola ya no estaba tan encaprichada con él como antes. En parte porque se había dado cuenta de que, al igual que al señor Muerte le gustaba estar deprimido, a Deuce le gustaba que Cleo le diera órdenes sin parar.

—Adiós, Deuce. Adiós, Cleo —dijo Rochelle elevando la voz mientras sonaba un suave *ping* procedente del iAtaúd que llevaba en el bolsillo. Tras sacar el teléfono hizo una pausa y, acto seguido, arrugó la frente y salió como un relámpago pasillo abajo.

Al regresar a la cámara de Masacre y Lacre, Rochelle encontró a Robecca y a Venus tumbadas en sus respectivas camas, leyendo los últimos chismes sobre el grafitero agorero en el blog de Spectra. A medida que los mensajes y los gatos continuaban surgiendo por todo Monster High, el entusiasmo por el misterioso personaje se había multiplicado. Tan intrigados estaban los alumnos con el mítico monstruo, que habían olvidado que solo quedaban unos días para Factor M.

—¡Chicas, hoy es el Día del Engendrador! Se me podría haber pasado por completo de no ser por la ayuda de mi fiel iAtaúd. Siempre me ayuda a organizarme —proclamó Rochelle con tono alegre.

—Tiene gracia. El mío no me ayuda a organizarme, para nada. ¿Será que necesito uno nuevo? —se preguntó Robecca.

—No puedo creer que haya llegado el Día del Engendrador. Apuesto a que papá está sentado junto al estanque, metido en la tierra hasta las rodillas y disfrutando del sol —elucubró Venus con una sonrisa—. No hay nada como la fotosíntesis —prosiguió. Y dicho esto, tomó su iAtaúd para llamar a casa.

Mientras Venus hablaba con su padre alegremente, Rochelle marcó el número de su casa con cautela, teniendo especial cuidado de que sus garras no resquebrajaran la pantalla de su iAtaúd.

Al tiempo que sus dos compañeras de habitación platicaban con entusiasmo, Robecca experimentó una sensación que no había tenido desde mucho tiempo atrás: nostalgia de su hogar. Añoraba a su padre. El mero hecho de imaginar su amable rostro provocaba que los ojos se le cuajaran de lágrimas que al instante se convertían en vapor. Como no deseaba aguar o, mejor dicho, vaporizar la fiesta a sus amigas, Robecca abandonó la habitación en silencio.

Robecca anhelaba ver a su padre, o tan siquiera sentirse conectada con él, y se dirigió al único lugar que se le ocurría que pudiera recordarle a su progenitor: las catacumbas. Sola en el ascensor, soltaba vapor por los ojos de manera incontrolable al tiempo que se preguntaba si su padre se habría convertido en una máquina, lo que le habría permitido continuar viviendo, si bien de una manera diferente.

Robecca salió del ascensor secándose los charcos de condensación que se le habían formado en las mejillas. Acto seguido, se fijó en que la mitad de las letras del cartel de bienvenida estaban ocultas por telas de araña. «La señorita Su Nami tiene que solucionar este problema de una vez por todas», pensó Robecca, aunque luego se preguntó por qué no habría visto ningún arácnido, sino tan solo sus redes. ¿Cómo podía ser? Tal vez las arañas hubieran encontrado un método para atravesar el recinto de Monster High sin ser descubiertas, especuló.

Conforme vagaba por las galerías tenuemente iluminadas de las catacumbas, Robecca fue pensando en los temas sobre los que deseaba hablar con su padre: su ingreso en la Alondra Monstruosa, sus monstruoamigas, el patinaje laberíntico y, por encima de todo, lo que estaba sucediendo en Monster High.

Una súbita ráfaga de perfume golpeó el conducto olfativo de Robecca, provocando al instante que le faltara la respiración y el vapor le saliera por las orejas. Y no porque el olor fuera desagradable o estuviera mezclado con alguna sustancia química peligrosa. Se trataba, simplemente, del familiar perfume de la señorita Alada: una encantadora mezcla de lilas y rosas. Pero ya que se trataba de un aroma que Robecca asociaba con la hipocresía e incluso, hasta cierto punto, con el peligro, el hecho de sentirlo de manera tan intensa tuvo un efecto más bien negativo en la joven. Apoyada en la pared, a corta distancia del retrato en púrpura fluorescente del político scarisino Nicolás Sarcófago, Robecca se encogió, dolorida. Daba la impresión de que el aroma estuviera enfermando a la monstrua, como si le estuviesen lanzando arena por entre los engranajes.

—No puedo creer lo insensibles que hemos sido. En serio, ¿qué nos pasa? —protestó Venus ante Rochelle.

—Estoy de acuerdo en que, hasta para los estándares de brusca franqueza de las gárgolas, ha sido un desacierto anunciar que era el Día del Engendrador sin pararme a considerar su situación —se lamentó Rochelle mientras Penny le lanzaba una mirada amenazante, lo que impulsó a la gárgola a apartar la mirada.

—Tenemos que encontrar a Robecca. ¿Te imaginas lo triste que debe de estar? Estoy furiosa conmigo misma. Me merezco que me estornuden un millar de veces. No hay nada que me entristezca más que una amiga se deprima, con la excepción, claro está, del deterioro del medio ambiente por los agentes químicos contaminantes.

—Venus, *s'il vudú plaît,* a ver si nos centramos. No tenemos tiempo para discutir sobre problemas medioambientales. Y ahora, pensemos, ¿dónde puede estar? No se le permite ir a la habitación de Cy. ¿Crees que habrá ido a visitar a Skelita y a Jinafire?

—Ni hablar. Sabe que podrían haber caído bajo el control de la señorita Alada —respondió Venus antes de hacer una pausa—. A menos, claro está, que ese sea el preciso motivo por el que haya ido a verlas, para obtener más información sobre la relación que tienen con la señorita Alada.

—*Buu là là,* la investigación en solitario nunca es una buena idea. ¡Mejor será que nos pongamos en marcha!

CAPÍTULO
doce

ochelle dio unos golpecitos con sus garras recién pintadas de rosa en la puerta de la cámara de Terrores y Estertores, dejando en la madera varias muescas pequeñas, casi imperceptibles. El sonido amortiguado de las risas femeninas atravesaba la gruesa puerta, ofreciendo a Rochelle y a Venus un ansiado estímulo en su afán por encontrar a Robecca.

—Adelante —dijo Jinafire elevando la voz.

Venus irrumpió en la cámara de Terrores y Estertores con tal entusiasmo que estuvo a punto de perder una de sus vides.

—Hola, chicas —saludó una voz suave y embriagadora desde un rincón de la ordenada estancia—. Acabo de llegar con té y ogritos. ¿Les apetece acompañarnos?

Acomodada con elegante postura y vestida con un largo quimono de seda allí estaba nada más y nada menos que la señorita Alada, aunque no estaba sola: dos troles se sentaban a sus pies cual perros guardianes.

—Anden, chicas, quédense con nosotras. Hemos organizado una merienda —invitó con tono afable la chica esqueleto miedxicana—. Luego le voy a enseñar a la señorita Alada a maquillarse al estilo del Día de Muertos. Si quieren, también las puedo maquillar.

—En realidad, estamos buscando a Robecca. ¿La han visto?

—Venus, te noto un poco inquieta. ¿Es que le ha pasado algo? —preguntó con ternura la señorita Alada, desbordada de preocupación.

—No, está perfectamente. Solo la estamos buscando —repuso Venus con frialdad.

—Lamento mucho decirlo, pero no he visto a Robecca en todo el día —comentó Jinafire mientras toqueteaba los mechones verdes que remataban su cola de dragona.

—¿Seguro que no pueden quedarse, chicas? —insistió la señorita Alada—. Los troles dan unos masajes en los pies extraordinarios.

—*Buu là là!* No me resulta muy tentador —contestó Rochelle con sinceridad, imaginando las mugrientas manos de los troles sobre sus pies de piedra impecablemente arreglados.

—Bueno, tal vez en otra ocasión. No lo olviden, estoy en la puerta de al lado.

—Confíe en mí, señorita Alada, no lo olvidaremos —declaró Venus con franqueza, acaso con demasiada franqueza a juzgar por la expresión del rostro de la profesora.

Tras escapar por fin de la neblina de perfume que tanta ansiedad le provocaba, Robecca giró hacia el aula del señor Momia, un atajo para el ascensor de las catacumbas. Estaba caminando entre los pupitres de brillantes colores cuando se detuvo de pronto, paralizada por lo que había visto. Garabateado en la pared con pintura rosa fluorescente había un nuevo mensaje:

No hicieron caso. Ahora es demasiado tarde. ¡Estamos condenados!

—¡Madre mía! ¡Madre mía! —murmuraba Robecca para sí mientras corría hacia el ascensor, desesperada por contarle a alguien lo que había encontrado.

En cuanto las puertas del ascensor se abrieron al llegar al pasillo principal, una desconcertada Robecca se topó de frente con Spectra Vondergeist. Siempre reportera diligente, la fantasma de melena púrpura estaba a punto de colgar una nueva entrada en su blog desde su iAtaúd.

—¿A qué vienen tantas prisas, monstruoamiga? ¿Es que tienes una historia? ¿Te apetece contarla? —preguntó Spectra a Robecca con una ceja arqueada y una sonrisa curiosa.

—¡Por las mil brocas robóticas! ¡Ha aparecido otro mensaje!

—¿En las puertas del laboratorio del científico loco y desquiciado? Ya lo sé. Estoy terminando una entrada sobre el asunto para mi blog. Hay que reconocer que el grafitero agorero se mantiene ocupado.

—¿El laboratorio del científico loco y desquiciado? ¡Yo hablaba de las catacumbas! —explicó Robecca antes de hacer una pausa—. Espera, ¿qué dice el mensaje del laboratorio del científico loco y desquiciado?

—Lo siento, chica. Tendrás que leer mi blog para averiguarlo —respondió Spectra con una sonrisa mientras se alejaba flotando.

Sin esperar un segundo, Robecca sacó su iAtaúd, desesperada por leer el blog de Spectra.

—«El grafitero agorero, notorio autor de los recientes grafitis en Monster High, ha atacado de nuevo, y en esta ocasión se ha granjeado un enemigo muy poderoso: el señor Corte —leyó Robecca en voz alta—. El misterioso personaje escribió «Nos aniquilarán» y «Acabarán con nosotros» en el suelo, frente al laboratorio del científico loco y desquiciado. El señor Corte ha prometido suspender al grafitero agorero una vez que la identidad del alumno o alumna haya sido desvelada. Permanezcan atentos… Ah, y no olviden el paraguas. Parece que esta tarde va a volver a llover».

Robecca se guardó el iAtaúd en el bolsillo y salió disparada en dirección a la residencia.

La chica de pelo de rayas negras y azules se hallaba a medio camino en la escalera de color rosa cuando se encontró cara a cara con la siempre impoluta señorita Alada. Con el largo quimono de seda que se le ceñía al cuerpo a la perfección, la dragona procedente de Europa resultaba de una belleza impresionante.

—Justo la monstruita a la que andaba buscando —siseó con lentitud la señorita Alada.

—¿Me está buscando? ¿Necesita que le limpie algo con vapor? Aunque, por descontado, estaré encantada, no me queda tan bien, ni de lejos, como en una tintorería de verdad, sobre todo ahora, ya que mi indicador de presión está subiendo —parloteó Robecca al tiempo que jugueteaba torpemente con uno de sus remaches.

—¿Limpieza al vapor? Jamás te pediría algo así. De hecho, te buscaba porque Abbey Bominable me ha comentado que eres una excelente profesora de patinaje laberíntico. De modo que he pensado en aceptar tu oferta de clases gratuitas. Y quizá después podríamos ir al resterrorante a tomar una Monster-Cola.

Robecca sonrió mientras se devanaba los sesos en busca de una excusa aceptable, pero, sencillamente, no se le ocurrió ninguna.

—¡Chispas! ¡Me encantaría, mucho! En serio, mucho, pero… —Robecca se interrumpió—. Por desgracia, estoy hasta los cilindros de tarea y he tenido que suspender mis clases de patinaje laberíntico —prosiguió mientras, de forma poco elegante, trataba de adelantar a la mujer dragón por las escaleras.

Ahora, a pocos centímetros de la delicada criatura, Robecca volvió a percibir el familiar aroma a lilas y rosas, lo que provocó que se le atascaran los pistones. Incómoda y nerviosa, acopió toda el agua que le quedaba en la caldera para dejar a un lado a la exquisita dragona.

—Bueno, otra vez será —dijo la señorita Alada con palpable decepción.

—¡Hasta la vista! —soltó Robecca de sopetón al tiempo que apartaba a un lado la cortina de telaraña y se dirigía zumbando al pasillo de la residencia; allí, de pronto, se detuvo en seco entre chirridos. Parada frente a la puerta de su habitación, se encontraba Penny con una nota fuertemente atada alrededor del cuello.

«¡Ay, ay! —pensó Robecca—. ¡Han llegado hasta Penny!».

Incapaz de enfrentarse en solitario a la lectura de la nota, Robecca se dio la vuelta de inmediato para ir en busca de Rochelle y Venus, a quienes puntualmente encontró justo a sus espaldas. Mientras Robecca trataba de explicar lo que había descubierto, Rochelle y Venus la interrumpían una y otra vez para decirle que la habían estado buscando por todas partes para disculparse por su falta de tacto con respecto al Día del Engendrador.

—¡Ah, basta ya del Día del Engendrador! ¿Les importa concentrarnos en Penny? —vociferó Robecca señalando al suelo.

—Llevémosla adentro —propuso Venus mientras recogía al pingüino hembra con cara de pocos amigos y abría la puerta de la cámara de Masacre y Lacre.

Tras retirar la nota y leerla en silencio para sí, Venus efectuó una pausa, lo que empujó a Rochelle a aclararse la garganta con gesto teatral.

—Venus, tienes que leer la nota *en alto*. En serio, mira a la pobre Robecca. ¡Está a punto de que se le reviente una válvula de estanqueidad!

Venus asintió con la cabeza y frunció los labios antes de leer la nota.

—«Querida Robecca: Solo quería ver qué tal te va. Dejo esta nota con Penny, pero, ya que parece estar muy molesta con Gargui y Ñamñam, voy a sacarla al pasillo para que tenga un poco de tranquilidad. Tu amigo, Cy».

—Ay, ¡nunca en mi vida me he alegrado más de tener noticias de ese prodigio con un solo ojo! —gimió Robecca envolviendo a Penny en un abrazo descomunal.

—Nosotras habríamos tomado mensaje suyo, pero estar demasiado cansadas —dijo una voz desde debajo de la cama de Rochelle.

—¡Vamos ya! Otra vez no —gruñó Venus mientras Rose y Blanche Van Sangre salían de debajo de las camas de Rochelle y Robecca.

—*Buu là là!* ¿Por qué están tan obsesionadas con nuestra habitación? —preguntó Rochelle al tiempo que negaba con la cabeza y, frustrada, daba unos golpecitos sobre una mesa cercana.

—Estábamos durmiendo en biblioterroreca, pero Cleo y Toralei gritar tan alto que nosotras no poder descansar un minuto —explicó Blanche frotándose los ojos para despertarse.

—Esas dos se han vuelto locas con lo de Factor M. Solo quedan unos días y siguen sin ponerse de acuerdo sobre el tema de ambientación. En serio, si yo fuera Frankie o Draculaura, las habría expulsado de la Alondra Monstruosa por lo mal que se han portado —comentó Robecca con tono acusador.

—No, esta vez no pelear sobre Factor M, ellas gritar porque odian lluvia, estropea pelo suyo —explicó Rose a la vez que agarraba a su hermana del brazo.

Tras intercambiar expresiones de aparente desconcierto, Rose y Blanche abandonaron la habitación sin disculparse ni dar las gracias.

—Bueno, por fin tengo algo en común con Cleo y Toralei. Yo también odio la lluvia —confesó Venus a las otras dos.

—¿Qué? ¿Cómo es que una ecologista odia la lluvia? —preguntó Robecca con gesto de perplejidad.

—Resulta complicado mantener en condiciones una pila de compostaje cuando la lluvia lo arrastra todo a su paso. Odio admitirlo, pero el terreno de atrás empieza a parecer un basurero —suspiró Venus.

—En ese caso, lo más indicado sería que Lagoona y tú pospusieran lo del compostaje hasta que pase la tormenta —sugirió Rochelle.

—¡Uggh! Menudo fracaso. Es más agotador de lo que me imaginaba. Me voy a la cama —protestó Venus mientras se metía bajo las sábanas.

A la mañana siguiente, a primera hora, Robecca se bajó de repente de la cama gritando:

—¿Qué hora es? ¿Qué hora es?

—Vuelve a dormir —murmuró Venus desde debajo de su ropa de cama de algodón egipcio y pelaje de hombre lobo—. Aún no ha salido el sol.

—De hecho, Venus, el sol sí ha salido, solo que está oculto tras esas terribles y negras nubes de lluvia. Por una vez, Robecca es puntual —explicó Rochelle mientras empezaba a sonar la alarma del despertador.

—¿Has oído eso, Penny? ¡Soy puntual! ¡Ay, madre mía! ¡Estoy tan contenta que me explotan los circuitos!

—Pues enfría esos circuitos, Robecca —gruñó Venus—. Si te explotan, te perderás el desayuno y, seguramente, llegarás con mucho retraso a la clase de Catacumbing.

Las tres adormecidas monstruitas acababan de tomar asiento en la cafeterroría cuando Lagoona llegó corriendo hasta la mesa de sus amigas, llevando en la mano un pedazo de papel manchado de barro.

—Venus, ¡te he buscado por todas partes! —dijo Lagoona, emocionada—. Esta mañana fui a la pila de compostaje para echar por encima una capa de tierra, ya sabes, para evitar que se desperdiguen los residuos mientras dura la tormenta. Pero no tuve la oportunidad de hacerlo, porque mira lo que me encontré pinchado en el corazón de una manzana —concluyó entregando la enfangada nota a Venus.

—«Tictac, tictac. Su libertad está a punto de acabar. Les falta poco para llegar» —leyó Venus en voz alta.

—Además, Gil y Ghoulia han encontrado notas en sus casilleros. Tengo que decir que todo este asunto del grafitero agorero me empieza a poner las escamas de punta —confesó Lagoona—. En el peor de los sentidos.

—Ni que lo digas —contestó Venus mientras, discretamente, olisqueaba la nota y, acto seguido, hacía un gesto de asentimiento en dirección a Robecca y a Rochelle para confirmar la presencia de perfume—. Vamos, chicas, pase lo que pase con ese grafitero, si no nos ponemos en marcha, vamos a llegar tarde a Catacumbing.

—Tenemos que averiguar si las notas se refieren a la señorita Alada o si las ha escrito ella misma —explicó Venus con tono serio a Rochelle y a Robecca a medida que, con sumo cuidado, tamizaban la tierra en su puesto de excavación durante la clase de Catacumbing.

—El hecho de que las notas, los gatos y los grafitis vayan en aumento nos dice que algo se acerca. Que el problema está a la vuelta de la esquina —elucubró Rochelle mientras extraía otra llave del suelo.

—¡Tornillos! ¿Cuántas de esas necesitaban nuestros antepasados? Debían de cerrarlo todo a cal y can-

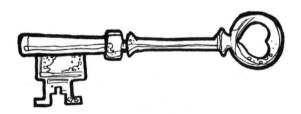

to —comentó Robecca jugueteando con la vieja llave oxidada.

—Tal vez deberíamos utilizarlas para hacer joyas. Son bastante terroríficas —sugirió Venus sujetando un par de llaves en alto para ver el efecto.

—¿Ponerse encima metal oxidado? Apetece menos que escuchar las tonterías de Toralei y Cleo por la organización de Factor M —respondió Robecca con toda franqueza.

—Hablando de Factor M, está a punto de celebrarse, así que me imagino que no vamos a participar —conjeturó Venus.

—Por lo que a mí respecta, aplaudir después de cada número es una manera válida de participación —declaró Rochelle con sinceridad.

—¡Ahhhh! ¡Socorro! ¡Socorro! —la voz de Frankie Stein resonó a través de las galerías, provocando que todos cuantos la habían escuchado regresaran corriendo al aula.

De pie, en mitad de la estancia, se encontraba el señor Momia inspeccionando una carta cubierta de telarañas que habían encontrado en el interior de otro muñeco maldito.

—¿Qué dice? —preguntó Venus a Draculaura.

—«¿Cómo pueden cruzarse de brazos y excavar en el pasado mientras les destruyen el futuro?» —respondió Draculaura—. Pero aún hay más. Justo cuando Frankie abrió el muñeco, una piedra se desplomó del techo a pocos centímetros de ella. Pueden decir lo que quieran: esos muñecos traen mala suerte. Sin ir más lejos, mira lo que le acaba de pasar a Frankie.

—Monstruos y monstruas, tengo que tratar cierto asunto con la directora. Por lo tanto, no me queda más remedio que terminar la clase con antelación. Por favor, recojan sus herramientas y encamínense al ascensor —indicó el señor Momia a los alumnos.

—Los muñecos no pueden traer mala suerte —susurró Rochelle a sus amigas con determinación—. El hecho de que cayera la piedra no es más que una desafortunada coincidencia.

—Traigan o no mala suerte, al menos alguien empieza a darse cuenta de que no se trata de una travesura —murmuró Venus, aliviada.

Utilizando lo que Robecca, Rochelle y Venus imaginaban que sería su naturaleza fantasmal, Spectra se las arregló para «oír por casualidad» la conversación del señor Momia con la directora y la señorita Su Nami. Tras semanas de restar importancia a las notas y los gatos alegando que solo eran travesuras, llegaron a la conclusión de que Monster High se encontraba realmente en peligro. Pero dado que desconocían sobre quién alertaban las notas o quién las había escrito, ignoraban cuál sería la línea de acción adecuada.

A los pocos minutos de escuchar tales comentarios, Spectra actualizó su blog con las declaraciones de que, en realidad, no existía grafitero agorero alguno y que el instituto se enfrentaba a un gran peligro. El anuncio alteró el ambiente en los pasillos de forma espectacular, sumiendo en una ansiedad extrema a alumnos y profesores por igual.

El ambiente ya de por sí estresante se deterioró todavía más cuando los monstruos, uno tras otro, fueron encontrando muñecos malditos en sus respectivos casilleros, y cada muñeco contenía una siniestra nota que advertía sobre las misteriosas «criaturas». Pero lo peor era que todo el mundo empezó a tomar a los muñecos como mensajeros de la mala suerte. Y ya fuera realidad

o producto de la imaginación, aquellos que recibían los muñecos notaban que les ocurrían cosas terribles justo después de entrar en contacto con las figuras toscamente talladas.

—¡Ahhhh! —gritó Cleo arrojando a Deuce un muñeco maldito—. ¡Líbrate de esto!

—¿Qué? ¡No! ¡No quiero tocarlo! ¿Es que no te acuerdas de lo que pasó la última vez? Solo dos horas después de sujetar un muñeco maldito, petrifiqué sin querer a aquel pájaro —repuso Deuce, que se agachó mientras el muñeco pasaba volando por encima de él.

—¿Te quejas por convertir en piedra a ese pájaro? Un día después de encontrarme ese muñeco en la cafeterroría, ¡me hice un desagarre en mis *leggings* de vendas favoritos! ¿Tienes idea de lo importantes que son las vendas para una momia? ¡Son como el pelaje para un hombre lobo o los colmillos para un vampiro!

—¡Ay! —gimió Draculaura al tiempo que trataba de extraer una astilla que se le había clavado mientras sujetaba un muñeco maldito de áspera madera—. Dos segundos después de tocarlo, y ya me duele.

—*Buu là là,* todos se están poniendo histéricos. Se han vuelto incapaces de ver con racionalidad lo que está ocurriendo —observó Rochelle, negando con la cabeza.

—Me preocupa más el aumento continuo de muñecos. Es como si estuvieran preparando algo —susurró Venus a Rochelle y a Robecca a medida que recorrían el pasillo camino de la clase de Ge-ogro-fía.

—Sí, y ojalá supiéramos de qué se trata. Así tendríamos la oportunidad de detenerlo —respondió Rochelle con tono sombrío.

—¡Ay, madre mía! ¡Madre mía! —exclamó Robecca con nerviosismo mientras le salían por las orejas pequeñas ráfagas de vapor.

—Entidades no adultas, me gustaría que me dedicaran un minuto en privado —la señorita Su Nami apareció entre un torrente de agua e hizo señas a las tres amigas para que la siguieran.

—Aunque nos encantaría hablar con usted, no deseamos llegar tarde a la clase de Ge-ogro-fía. La impuntualidad va en contra de las normas y, como sabe, me tomo las normas muy en serio, señorita Su Nami —proclamó Rochelle con fervor para gran deleite de la delegada de desastres de Monster High.

—Respeto tu naturaleza subordinada a las reglas; explicaré personalmente su retraso al profesor. Y ahora, síganme —indicó con un gruñido la señorita Su Nami, que se encaminó hacia la cueva de estudio.

La mujer de agua, nerviosa, recorrió la estancia con la vista, examinando hasta el último rincón en busca de posibles fisgones.

—Necesito cierta información —anunció la señorita Su Nami con un tono anormalmente bajo en ella.

—Por desgracia, señorita Su Nami, no disponemos de pruebas concluyentes sobre quién se encuentra tras las notas, los gatos y los muñecos; pero, en honor a la verdad, sospechamos de alguien —intervino Rochelle antes de que la mujer propensa a los charcos tuviera la oportunidad de formular su pregunta.

—Como saben, ya no creo que este asunto sea obra de un bromista, por lo que he empezado a investigar —la señorita Su Nami se inclinó hacia delante y susurró con aire conspirador—: Puede que la directora Sangriéntez creyera a la señorita Alada cuando afirmó que el trimestre pasado se encontraba bajo un hechizo, pero a mí no me engaña. Hay que ser más listo que el hambre para engañar a la delegada de desastres.

—Disculpe, pero el hambre no es un ser vivo; por lo tanto, carece de inteligencia —corrigió la joven gárgola a la anegada mujer.

—Rochelle, es una figura retórica —explicó Venus, quien acto seguido hizo un gesto a la señorita Su Nami para que continuara.

—Bueno, en vista de que ustedes, entidades no adultas, se ocupan actualmente la habitación contigua a la de esa adicta a la moda de ojos astutos, pensé que podrían haber visto algo.

—¿*Visto* algo? No. ¿Oído algo? Sí —respondió Venus.

—¿A qué te refieres? —preguntó, impaciente, la señorita Su Nami.

—Al poco tiempo de empezar el trimestre escuchamos cómo alguien reptaba por encima de nuestro techo y bajaba de un salto a la habitación de la señorita Alada. Entonces, ella regañó a gritos al recién llegado por ir a verla y poner en peligro su plan —explicó Venus.

—Y ¿cuál dijo que era su plan?

—No lo dijo —intervino Rochelle—, por lo que me parece sensato seguir sus movimientos un poco más de cerca —añadió la joven gárgola mientras la señorita Su Nami se levantaba de un salto de la mesa, asentía con la cabeza y abandonaba la estancia como una exhalación, dejando un rastro de charcos a su paso.

CAPÍTULO
trece

resguardada confortablemente tras una enorme jardinera de madera en el jardín de las delicias de la señora Atiborraniños, Robecca pasó por la hierba sus delicados dedos cobrizos. Las suaves briznas le hacían cosquillas en la mano, y al instante distrajeron a la chica fabricada a partir de una máquina de vapor. Dejando de fijar la mirada en la señorita Alada a través de los listones de madera, Robecca empezó a soñar despierta y a imaginar que se acurrucaba en la frondosa pradera para dar una breve siesta. La idea resultaba extraña, ya que Robecca, al contrario que las hermanas Van Sangre, no era muy aficionada a dormir en lugares públicos o, para el caso, en ningún otro lugar que no fuera su propia cama. Pero el sedoso césped parecía tan acogedor que se olvidó por completo de la señorita Alada, quien en ese momento recogía pequeñas margaritas blancas que depositaba en una cesta de mimbre. La escena habría resultado idílica —una joven y hermosa hembra de dragón recogiendo flores en un exuberante jardín— de no haber sido por las tres monstruoamigas, que supervisaban con atención cada uno de los movimientos de la dragona en busca del más mínimo desliz.

—Me cuesta creer que esté recogiendo flores. ¿A quién se le ocurre? —susurró Venus segundos después de haber llegado a toda prisa junto a Rochelle.

—*Évidemment,* a la señorita Alada; pero sospecho que muchos otros monstruos también las cortan, sobre todo los que tienen jardín —respondió Rochelle mientras Venus, simultáneamente, ponía los ojos en blanco y negaba con la cabeza en dirección a la gárgola, que se tomaba todo al pie de la letra en cualquier ocasión.

—¡Válvulas oxidadas! —siseó Robecca, que acababa de levantar los ojos de la hierba—. La Maravilla con Alas se ha puesto en movimiento —añadió señalando a la señorita Alada, quien, con paso grácil y elegante, se dirigía hacia la reja principal del jardín.

—¿Maravilla con Alas? Creí que habíamos decidido darle el nombre en clave de Petirrojo —comentó Venus a Robecca.

—¿Por qué insisten tanto en ponerle un nombre en clave? Su verdadero nombre es perfectamente válido, y todo el mundo lo recuerda —señaló Rochelle con toda lógica.

—Rochelle, y si dejamos de buscarle tres pies al gato, ¿eh? —soltó Robecca con brusquedad.

—Y antes de que digas algo, sí, es verdad, ¡los gatos no tienen tres pies! Robecca solo trata de decir que utilizar un nombre en clave hace que la misión resulte más entretenida, y nos ayuda a olvidar que otra vez más estamos persiguiendo a la señorita Alada porque Monster High se enfrenta a una especie de… ¡lo que sea! —resopló Venus.

—En ese caso, perfecto. Voto por Altísima Costura —señaló Rochelle con un gesto de asentimiento, a todas luces satisfecha con su elección.

—Retuercas, el debate sobre el nombre va a tener que esperar. Hay que ponerse en marcha —susurró Robecca.

La señorita Alada salió del jardín interior segundos antes de que el trío se escabullera tras ella con la mayor discreción hasta llegar al edificio principal de Monster High.

Dado que la jornada escolar había concluido tan solo una hora antes, los pasillos aún estaban animados por numerosos monstruos que se encaminaban a sus respectivos clubes extraescolares. Llamaba la atención el hecho de que, a pesar de la galopante ansiedad que reinaba en el ambiente, los alumnos atendían sin protestar a sus obligaciones: desde la práctica de patinaje laberíntico a la preparación de la función de Factor M, que estaba a punto de celebrarse.

Tras apartar de un puntapié un par de notas arrugadas, Robecca, Rochelle y Venus continuaron siguiendo a la señorita Alada, utilizando un grupo de troles para mantenerse a resguardo.

En los días que habían transcurrido desde que los gatos blancos, las notas amenazadoras y los muñecos malditos empezaran a aparecer, la carga de trabajo de los troles se había incrementado a ritmo exponencial. Las corpulentas criaturas, que jamás habían presentado un aspecto espectracular con su pelambrera grasienta y su capa de mugre, tenían ahora una apariencia más andrajosa y fatigada que nunca. De hecho, tan titánica resultaba su tarea que incluso corrían rumores sobre una huelga de troles. Por fortuna, la señorita Su Nami había aplacado el creciente deseo de las bestias de sindicalizarse con la promesa de organizar unas Jornadas de Apoyo al Trol de dos días de duración en las que se servirían toda clase de manjares, desde huevos endiablados hasta pastelillos de pus.

—*Zut*! Estos troles van demasiado despacio —protestó Rochelle mientras las tres amigas se agachaban detrás de Jackson Jekyll y Freddie Tres Cabezas.

—¡Ay, madre mía! Freddie Tres Cabezas nunca nos había sido tan útil —comentó Robecca entre risas.

Robecca, Rochelle y Venus fueron saltando de un grupo de alumnos a otro hasta que, por fin, lograron llegar tras la señorita Alada hasta la biblioterroreca sin ser vistas.

La oscura y polvorienta estancia estaba a rebosar de jóvenes y aplicados monstruos que trataban desesperadamente de terminar sus tareas mientras las amenazas de entidades desconocidas surgían por el horizonte.

En un esfuerzo por fundirse con el entorno y desviar cualquier clase de atención, Robecca, Rochelle y Venus tomaron un libro cada una.

—No te acerques demasiado —instruyó Robecca a Venus, quien, a la zaga de la señorita Alada, entraba y salía de las estanterías abarrotadas de volúmenes.

—Quiero ver qué libro ha tomado —replicó Venus—. Puede que sea importante.

—*Regardez!* Está hablando con Jinafire y Skelita —indicó Rochelle entre susurros.

—¿Hablando, o manteniendo una reunión? —espetó Venus.

—Eso de que anden siempre juntas me parece sospechoso —añadió Robecca.

—¿Robecca? ¿Robecca? ¡Eh, Robecca! —una voz rasgó el silencio de la estancia.

—Y nuestra tapadera se acaba de esfumar —protestó Venus con tono monocorde mientras todos cuantos se encontraban al alcance del oído, incluidas la señorita Alada, Jinafire y Skelita, se giraban para ver quién llamaba a Robecca.

—Ah, hola, Cy —saludó en voz baja Robecca a su amigo, dándose cuenta con evidente brusquedad de que la misión encubierta había fracasado.

—¿Qué haces con un libro que se titula *Trología: la astrología de los troles?* —preguntó bajando la mirada hacia el ejemplar que Robecca sujetaba en la mano.

—Lo había tomado en un intento por pasar desapercibida mientras seguíamos a la señorita Alada por la biblioterroreca, lo que estaba funcionando a la perfección hasta que has llamado a Robecca a gritos —explicó Venus sin dejar de seguir con los ojos a la señorita Alada.

—Cuánto lo siento, chicas. No tenía ni idea. Solo quería saludar a Robecca —explicó Cy, avergonzado—. Así que… mmm… hola.

—Hola —respondió Robecca con una sonrisa de arrepentimiento.

—¡No aguanto! ¡Es tercero semana esta! —gruñó Abbey Bominable, sentada a una mesa cercana, mientras sacaba un muñeco maldito de su mochila—. Y ahora empiezo tener calor. ¡Fiebre ser muy peligrosa para yetis! ¿Cuándo parar todo esto?

—Seguramente cuando lleguen las «criaturas» —respondió Draculaura con una nota de inquietud—. Todo este asunto me tiene tan nerviosa que ni siquiera puedo beberme los licuados. ¡Me tiembla el cuerpo entero y no los puedo sujetar!

—Todo el mundo parece superestresado, ¿a que sí? —comentó Cy a Robecca.

—Es comprensible. Con tanta expectación voy a empezar a rechinar como una bisagra oxidada —contestó Robecca mientras, poco a poco, empezaba a soltar vapor por las orejas.

—Robecca, tienes que calmarte o el pelo se te va a poner como una lechuga escarola, y como dices siempre... —advirtió Rochelle a su amiga con tono maternal.

—La lechuga escarola será buena para las ensaladas, pero no es nada buena para el pelo de una monstrua —concluyó Robecca.

—De hecho —empezó a decir Rochelle—, la puedes aderezar y...

—Petirrojo, o la Maravilla con Alas, o Altísima Costura... ¡Bah, olvídalo! La señorita Alada se ha puesto en marcha —interrumpió Venus observando que la refinada dragona se dirigía hacia la puerta de salida.

—Dejen los libros. No tenemos tiempo de ponerlos en su sitio —instruyó Rochelle a sus amigas con tono serio—. Pensándolo bien, Cy, ¿puedes colocarlos en las estanterías? Dejarlos aquí, sin más, es una violación de las normas de la biblioterroreca.

—Claro —respondió Cy en voz baja mientras asentía con la cabeza.

—Qué amable de tu parte, Cy —dijo Robecca con efusividad, y luego volvió los ojos al mostrador de devoluciones—. Sobre todo porque da la impresión de que el biblioterrotecario está *sepultado* de trabajo —comentó al tiempo que Rochelle y Venus tiraban de ella para llevársela.

Una vez de vuelta en el pasillo, las tres amigas continuaron desplazándose de un grupo de alumnos a otro, haciendo todo lo posible por mantenerse alejadas del radar de la señorita Alada. Sin embargo, al doblar una esquina y toparse con dos de los monstruos más fieros del instituto, se detuvieron.

—¡Uggh! El olor de tus vendas me produce arcadas —dijo Toralei emitiendo un sonido de lo menos atractivo, como si estuviera vomitando una bola de pelo.

—¿En serio? Pues mira, llevo todo el día esperando a decirte que el modelito que llevas es *catastrófico* —contraatacó Cleo con ferocidad mientras la señorita Alada pasaba de largo con paso tranquilo sin pronunciar palabra.

—¿Qué profesora no hace ni caso a dos monstruas que se están peleando? —preguntó Venus a sus amigas.

—Teniendo en cuenta quiénes son, yo diría que una profesora inteligente —manifestó Robecca al tiempo que la señorita Alada abría la puerta del ala este.

—Pues sí que nos ha servido de mucho la persecución. Vuelve a la residencia de estudiantes —se quejó Venus, decepcionada.

—Por cierto, nosotras también deberíamos volver. Aún tenemos que hacer la tarea, aunque nos enfrentemos a una espantosa incertidumbre —declaró Rochelle estoicamente.

—Retuercas, Rochelle, lo dices como si nos fuéramos a la guerra —declaró Robecca encaminándose a la residencia.

—Aún me cuesta creer que esa mujer estuviera recogiendo flores —comentó Venus con un marcado aire de crítica.

—Venus, por lo que se ve, te duele en el alma que la gente recoja flores. ¿Hay algo que quieras contarnos? —preguntó Robecca con dulzura.

—Ya que lo preguntas, ¡considero que el asesinato sin sentido de las flores para la decoración está rematadamente mal! ¿Por qué hay que matarlas cuando pueden vivir perfectamente en una maceta, como Ñamñam? —proclamó Venus con tono apasionado mientras subía la desvencijada escalera rosa dando grandes pisotones y se colocaba a tan solo tres metros de la señorita Alada.

—Entiendo tu punto de vista sobre las flores. Arrancarlas parece ilógico y carente de sentido, sobre todo porque las plantas en maceta duran mucho más —admitió Rochelle.

—¡Oh! —exclamó la señorita Alada, conmocionada, girándose hacia Robecca, Rochelle y Venus—. Ay, monstruitas, ¡es terrible! ¡Les ha tocado!

—¿Se refiere a la lotería? —soltó Robecca sin ton ni son.

—Robecca, ¿es que te has vuelto loca? *Complètement folle?* ¿Qué pinta ahora la lotería?

—Chispas, no lo sé. A veces, cuando me pongo nerviosa, suelto lo primero que me pasa por la cabeza —explicó la joven chapada con cobre mientras expulsaba por las orejas pequeñas volutas de vapor.

—Siento mucho haberlas confundido. Solo me refería a que han dejado un mensaje en vuestra puerta —explicó con voz sedosa la señorita Alada.

Venus leyó en alto la nota adherida a la puerta de la cámara de Masacre y Lacre:

—«Ha llegado la hora de que sepan quiénes son».

CAPÍTULO
catorce

Buenos días, monstruos y monstruas! En Monster High vamos a tener otro día tormentoso. Y no solo me refiero a las condiciones atmosféricas. Anoche, la cámara de Robecca Steam, Venus McFlytrap y Rochelle Goyle en la residencia de estudiantes fue asaltada con el siguiente mensaje: «HA LLEGADO LA HORA DE QUE SEPAN QUIÉNES SON». ¿Podría ser que el trío responsable de poner fin al susurro de monstruos el trimestre pasado supiera «quiénes son»? ¿Acaso saben más de lo que dejan ver? Los monstruos curiosos se quieren enterar. Ah, y no se olviden de las botas para el agua, ¡no va a parar de llover!

—Spectra es una fantasma amable. ¿Es que no se da cuenta de que está plantando semillas de duda en las mentes de nuestros compañeros? —resolló Venus, enojada, antes de arrojar su iAtaúd sobre su cama deshecha.

—Spectra se ve a sí misma como una periodista cuyo trabajo consiste en informar sobre lo que averigua —explicó Rochelle—. No es nada personal.

—Bueno, pues a mí me parece bastante personal —bramó Venus.

—¡Por las mil brocas robóticas! Para mí que la nariz se te crispa y los ojos se te encharcan —dijo Robecca dando un paso atrás—. ¿Es que vas a estornudar? Porque el naranja no me favorece, para nada; no es fácil coordinar el color cobre.

—Venus, *s'il vudú plaît*, debes tranquilizarte. No son más que dos líneas sin importancia. E insinuar que podríamos saber más de lo que dejamos ver no es para tanto. No nos está acusando de ser esas ciertas «criaturas» —comentó Rochelle con su habitual pragmatismo.

—Bien, supongo que tienes razón —admitió Venus mientras un ensordecedor trueno atravesaba el cielo—. Es como si llevara lloviendo toda la vida. Me produce brotes de locura.

—Está demostrado que los periodos de lluvia excesiva provocan odio hacia los comentaristas del tiempo, así como resbalones y moho debido a la humedad. Así que lo de los brotes de locura está dentro del ámbito de lo posible —declaró Rochelle como si fuera una profesional de la medicina—. Y ahora, creo que ha llegado el momento de ir a desayunar a la cafeterroría.

Mientras Robecca, Rochelle y Venus recorrían el pasillo principal percibieron con más fuerza que de costumbre que algo ocurría.

—Chicas, ¿han soñado alguna vez con que iban al instituto y todos clavaban la mirada en ustedes aunque no sabían por qué? Entonces, pasaban por un espejo y se daban cuenta de que no llevaban más que hojas encima —parloteó Venus.

—Venus, ¿es una manera indirecta de decir que tienes la impresión de que todos nos miran fijamente? —preguntó Rochelle.

—Pues sí, y no me parece que haya sido tan indirecta. La encuentro bastante directa, la verdad. ¿En serio necesitabas asegurarte de lo que estaba diciendo? —contraatacó Venus.

—Soy una gárgola. ¿En serio necesitas asegurarte de que necesito asegurarme?

—¡Por la gran llave maestra! Es verdad que todo el mundo nos mira, y no precisamente bien. Y ¿si Rochelle está confundida? Y ¿si todo el mundo se ha tomado los comentarios de Spectra al pie de la letra? —elucubró Robecca en voz alta al tiempo que un trol pasaba por su lado guiando una manada de gatos blancos.

—¡Ayyy! —gritó Clawdeen mientras sacaba un muñeco maldito de su casillero y lo lanzaba al suelo—. ¡Déjame en paz!

—Clawdeen, ¿estás bien? —preguntó Rochelle con sincero interés, y acto seguido apartó el muñeco roto dándole un puntapié con su zapato plateado.

—Bueno, está claro que traen mala suerte —balbuceó Clawdeen, nerviosa. Después, clavó la vista en el trío y se marchó a toda prisa.

Mientras Clawdeen se escabullía pasillo abajo, las tres amigas intercambiaron miradas, reflexionando en silencio sobre tan peculiar conducta.

—¡Ay, Señor! Por las clavijas de mi tía, ¿qué está haciendo Vudú? —preguntó Robecca señalando al muñeco de trapo, que aplastaba el rostro contra uno de los casilleros.

—¡Vudú, ¿te encuentras bien?! —preguntó Robecca con dulzura.

—Eh... eh... —tartamudeó Vudú.

—Para aclarar las cosas, Robecca quiere saber por qué aplastas la cara contra el casillero —explicó Rochelle al muñeco de trapo con su habitual tono de formalidad.

—Pensé que si no los veía, no me verían a mí; pero está claro que me equivocaba —gimoteó Vudú.

El chico de blandas extremidades apartó la cabeza del casillero lentamente y tragó saliva de manera audible.

—Pero ¿por qué no querías que te viéramos? —preguntó Robecca con curiosidad.

—Por favor, no le hagan daño a Frankie —gimió Vudú antes de alejarse a toda velocidad, murmurando para sí.

—¿Alguien, por favor, nos puede decir qué está pasando aquí? —exigió Robecca, y, frustrada, estampó contra el suelo su bota hasta la rodilla.

—¿Es que no se han enterado? —ronroneó una voz suave—. O, mejor dicho, ¿no lo han *leído*?

Las amigas se volvieron de inmediato y descubrieron a Toralei, ¡Ataúd en mano y sonrisa satisfecha en el semblante.

—Me imagino que te refieres al blog de Spectra y, respondiendo a tu pregunta, sí, lo hemos leído —contestó Rochelle mientras daba golpecitos con las garras en su mochila.

—A ver, déjame pensar. Solo han leído la primera entrada, ¿a que sí? Tranquilas, chicas, estaré encantada de leerles la segunda —se ofreció Toralei con aire altivo—. «Según una fuente anónima, las "criaturas" a las que se hace referencia en las notas son nada más y nada menos que Robecca Steam, Rochelle Goyle y Venus McFlytrap. En vista de esta información, no puedo evitar preguntarme si el susurro del que supuestamente nos salvaron fue en realidad obra suya».

—¿Una fuente anónima? —repitió Venus, conmocionada—. ¿Quién será?

—Dicen por ahí que la fuente anónima es lista, elegante y hermosa… La monstrua *pluscuamperrrrfecta* —respondió Toralei mientras, orgullosa, hacía girar sus orejas.

—Sé que todo el mundo está un poco nervioso por la situación en Monster High, pero no se olviden de que pertenecemos a la Alondra Monstruosa. Tenemos que elevarnos por encima del miedo y enseñar a ser valientes a los demás —declaró Draculaura con tono conmovedor a las inquietas monstruas que ocupaban la estancia.

La vampira, siempre a la última moda, llevaba un vestido de cuadros rosas y negros con un cinturón bajo de tibias y calaveras. Draculaura era de la opinión de que cuando los problemas acechaban, lo mejor era recibirlos de frente y bien arreglada.

—Gracias, Draculaura. Y ahora me gustaría dar paso a las sugerencias sobre cómo podemos ayudarnos unos a otros en Monster High al enfrentarnos a estos enemigos desconocidos —declaró Frankie, que, nerviosa, jugueteaba con su collar de colmillos.

—¿*Desconocidos*? ¿Por qué dices *desconocidos*? ¡Están en esta misma sala! —explicó Toralei en voz alta.

Venus, Rochelle y Robecca, al borde de la apoplejía, clavaron la mirada en la felina aguardando a que otras monstruas más racionales salieran en su defensa. Pero a medida que pasaban los segundos, cayeron en la cuenta de que no iba a ser así. Por el contrario, otras compañeras se unieron a Toralei y dieron voz a sus sospechas.

—Siempre me ha parecido extraño que fueran las únicas a las que no afectó el susurro —comentó una chica loba con un sonoro gruñido.

—¿Ellas empiezan el susurro y luego se adjudican el mérito de acabar con él? Es como inventar un examen y luego presumir de sacar diez. ¡Total increíble! —gritó una vampira, incrédula, mientras lanzaba a las tres amigas una mirada amenazadora.

—Tu sueño de llegar a Monster High *au naturel* de pronto parece casi agradable en comparación con esto —susurró Rochelle a Venus y a Robecca.

—Retuercas, ni lo digas…

—Disculpen, Frankie, Draculaura. ¿Puedo tomar la palabra? —preguntó Toralei al tiempo que caminaba hacia la parte frontal de la sala de Arte y Aparte.

—Sí, pero recuerda que se trata de encontrar métodos *constructivos* de ayudarnos entre nosotros. La clave está en «constructivo», Toralei —respondió Frankie, y acto seguido tomó asiento.

—Sí, claro, Frankie —dijo Toralei, que de inmediato volvió la mirada hacia la monstritud—. Como todas sabemos, Monster High se enfrenta actualmente a tiempos duros. Y cuando los tiempos se vuelven duros, los monstruos tienen que volverse más duros, más listos y más soplones.

—«Soplones» no es la palabra acertada, sobre todo viniendo de sus labios —susurró Robecca a Rochelle y a Venus mientras empezaba a expulsar por las orejas pequeñas ráfagas de vapor.

—A veces, los monstruos necesitan protegerse, incluso de su propia especie. A ver, ni que decir tiene que la mayoría de los monstruos de Monster High son súper, pero no podemos consentir que unas cuantas manzanas podridas nos arruinen a todos los demás —prosiguió Toralei.

—Cuanto más habla, peor me siento —musitó Rochelle llevándose a la frente su fría mano de granito.

—Con ello en mente, propongo que formemos el Comité de Actividades Antimonstruosas o CAA, al que los alumnos podrán informar sobre compañeros cuyo comportamiento resulte antimonstruoso. No tendría que suponer un problema para ninguna de nosotras salvo que, claro está, tenga algo que esconder —concluyó Toralei mientras clavaba la vista en Robecca, Rochelle y Venus.

—Esto me empieza a poner las vides de punta, vaya que sí… —murmuró Venus, conmocionada por la sugerencia de Toralei.

—Por mí, genial. Pero claro, yo no tengo nada que ocultar, salvo mi combinación secreta de productos para el cuidado del cabello: eso es confidencial —explicó Clawdeen mientras acariciaba sus sedosos mechones.

—Pero ¿qué pasa? No me puedo creer que ustedes, unas monstruas tan sensatas, estén de veras contemplando la sugerencia de Toralei. Con todos los respetos a nuestra felina aquí presente, en lo que concierne a la amabilidad cuenta con un pasado un tanto turbio —comentó Frankie con brusquedad—. Sé que todas estamos asustadas, y con razón. Pero somos alondras monstruosas; tenemos un código moral. Creemos en la honradez y en la comunidad. No podemos permitir que nuestros temores destruyan lo que somos. Y háganme caso, eso es lo que sucederá si empezamos a espiarnos unas a otras, a informar de cada nimiedad que podamos ver u oír. No está nada bien.

—Lo que tú digas, Frankie —gruñó Toralei—. Por cierto, llevo tiempo queriendo decírtelo: el verde no es tu color.

—Llegado este punto, clausuraré la reunión de esta semana —dijo Frankie con tono de abatimiento antes de desplomarse sobre la silla y enterrar la cabeza entre las manos.

Al estilo de la separación de las aguas del Mar Rojo, la muchedumbre de monstruas se fue apartando mientras Robecca, Rochelle y Venus se aproximaban a la puerta. No deseaban rozar al trío de amigas ni siquiera involuntariamente, por lo que el gentío se apretó con firmeza contra las paredes plagadas de objetos de artesanía.

—¡Chispas chamusquizantes! ¡Acabamos de instalarnos en Monster High y ya estamos marginadas! —susurró Robecca con tono sombrío.

—No es precisamente un buen momento, ¿verdad? —replicó Venus negando con la cabeza, sin dar crédito al comportamiento de sus compañeras.

—Resulta de lo más doloroso que todas, excepto Frankie, se hayan precipitado a juzgarnos. Y nadie en absoluto se ha molestado siquiera en investigar quién es la fuente anónima de Spectra, o si ha dicho la verdad —ladró Rochelle mientras a sus espaldas estallaba el escándalo de una pelea entre Cleo y Toralei.

—Frankie, quiero que sepas que he decidido celebrar mi propio concurso de talentos mañana, separado del de Toralei, y lo voy a llamar Estrella Sepulcral —anunció Cleo con descaro.

—Te das cuenta de que el mío será un millón de veces mejor que el tuyo, ¿verdad que sí? —replicó Toralei.

—Chicas, solo puede haber una función, y es Factor M. Se celebra mañana, así que van a tener que encontrar la manera de trabajar en equipo —explicó Frankie con toda la paciencia de la que fue capaz.

Una vez que se hubieron situado a una prudente distancia de las demás, Robecca, Rochelle y Venus intercambiaron miradas y suspiraron, abrumadas por lo que acababa de suceder.

—Tenemos que averiguar qué tiene que ver la señorita Alada con los mensajes —dijo Venus—. Por nuestro bien y por el de Monster High.

—Cuando nos invitaron a entrar en la Alondra Monstruosa pensé que era fantástico, pero ahora lamento que lo hicieran, la verdad —dijo Robecca con expresión huraña.

—Debo decir que resulta muy desagradable ser considerada como el enemigo. Aunque no me sorprende gran cosa —dijo Rochelle antes de que el sonido de un chapoteo captara su atención.

—¡Monstruas! ¡Monstruas! —exclamó la directora Sangriéntez al ver a Robecca, Rochelle y Venus en el pasillo.

—Directora Sangriéntez, está usted más empapada que la señorita Su Nami —comentó Robecca.

—Este tiempo es sencillamente infernal. Salí en busca de un trol al que le ha dado por dormir en un árbol. Está sufriendo una crisis de identidad; estoy segura de que se cree que es una ardilla. En condiciones normales lo dejaría estar, pero con lo que está pasando, necesitamos a todos los troles a bordo —parloteó la directora Sangriéntez mientras estrujaba su vestido empapado—. Esta lluvia es un horror. Y eso sin mencionar que por poco me golpea otro rayo.

—Habría sido terrible. Su síndrome de mente confusa habría regresado con más fuerza que nunca —especuló Rochelle en voz alta.

—Bah, olvídalo. Más que nada es que ya no habría podido decir que un rayo nunca golpea dos veces en el mismo lugar —explicó la directora Sangriéntez, quien acto seguido negó con la cabeza en dirección a Rochelle como si fuera la más obvia de las respuestas.

—Directora, ¿es que no recuerda que se lo expliqué una vez? Los rayos… —empezó a decir Rochelle, pero Venus la interrumpió.

—Ro, yo me encargo. Directora, en nombre de todo el alumnado de Monster High, le ruego que no vuelva a salir de Monster High hasta que la tormenta haya pasado de una vez por todas.

—Muy bien, monstruitas —accedió la directora Sangriéntez mientras se palpaba el cuello—. Dios santo, creo que tengo una fuga; las cabezas desmontables nunca son resistentes al agua al cien por cien.

—Directora, seguro que ha leído los rumores sobre nosotras —interrumpió Venus con tono solemne—. Y, en fin…

—No sigas. Ni la señorita Su Nami ni yo misma creemos en los chismes. Pero deben comprenderlo, los alumnos están asustados. De hecho, yo también lo estoy. Seguimos sin tener una sola pista sobre quién está detrás de todo este asunto.

—¿No le habló la señorita Su Nami sobre la señorita Alada? —preguntó Rochelle.

—¡Uf, basta ya con la señorita Alada! Tengo una excelente psicología para conocer a la gente, así que se pueden fiar de mí cuando les digo que nada de esto tiene que ver con esa dragona. Sinceramente, creo que lo único que pasa es que a la señorita Su Nami no le agrada la señorita Alada porque cuando estudiaban en el instituto era una chica popular, y no era el caso de la pobre Su…

Entonces, sin ni siquiera despedirse, la directora Sangriéntez se alejó, olvidándose por completo de que se encontraba en mitad de una conversación.

—Tenemos que llegar al fondo del asunto, sobre todo porque da la impresión de que la directora Sangriéntez no está buscando donde debería —declaró Venus mientras sus vides se erizaban.

—Y ¿si le pedimos ayuda a Cy? Aunque no lo he visto mucho últimamente. Es como si me estuviera evitando. No piensan que me está evitando, ¿verdad? —preguntó Robecca a Rochelle y a Venus con tono ferviente.

—¡No, desde luego que no! —replicó Venus con vehemencia—. Cy nunca te haría eso.

—A menos, claro está, que le pase lo que al resto del instituto y crea que nosotras somos esas «criaturas» —intervino Rochelle.

—Bah, ¡eso es más absurdo que un cilindro cuadrado! Cy me conoce; nos conoce a las tres. Nos ayudó a acabar con el susurro. Seguro que está ocupado, nada más...

CAPÍTULO
quince

¿Qué es ese bulto en mi cama? —preguntó Robecca segundos después de que el trío entrara en la cámara de Masacre y Lacre y encendiera la luz.

—¿Será Penny? —elucubró Venus mientras se desabrochaba sus botas rosas, agotada hasta la extenuación por un día tan largo y emocionalmente demoledor.

—Me temo que no. En este momento, Penny está sentada en el saliente de la ventana lanzando una mirada feroz a Ñamñam, lo que sin duda es resultado de una sesión de mordisqueo no deseada. Quizás haya llegado la hora de que le traigas a Ñam un hueso para roer —sugirió Rochelle, y después saludó a su propia mascota, siempre tan alegre—. ¡*Bonsoir*, Gargui!

—Espero no haber dejado mi lata de aceite debajo de las sábanas. La última vez, me pasé dos horas enteras limpiando la mancha a base de vapor —comentó Robecca para sí mientras echaba hacia atrás las ropas de cama de algodón egipcio y pelaje de hombre lobo—. ¡Tuercas y retuercas! ¡Alguien ha metido un huevo gigante en mi cama!

—¿Un huevo? —coreó Venus, incrédula—. Déjame averiguar: una gallina gigante anda suelta —añadió.

La curiosidad pudo con Venus, que se levantó a mirar. La visión del objeto del tamaño de un melón en la cama de Robecca la detuvo. En efecto, recordaba a un huevo de tamaño descomunal. Sin embargo, al mirarlo más de cerca, Venus reparó en que no tenía cáscara, sino que estaba cubierto de intrincados hilos de araña que formaban un delicado dibujo.

—Es una telaraña, ¿no? —se interesó Rochelle mientras se subía a la cama para inspeccionar el objeto con más atención—. Hay algo raro en todas estas telarañas. No tiene sentido. Se necesitarían miles de arañas para tejer todas las que encontramos en Monster High, y no hemos visto ni una sola.

—Es verdad; con la excepción de las arañas del pasillo de la residencia, no he visto ninguna —respondió Venus levantando la bola de telarañas y examinándola de cerca—. Hay algo dentro.

—Buena suerte. Esto es como abrir un regalo de cumpleaños de los que te ponen los nervios a flor de plancha metálica —observó Robecca.

—¿Por qué tengo que ser yo? Apareció en tu cama —replicó Venus, y soltó el objeto—. Y no nos olvidemos de quién sacó a Rochelle de su saco de dormir de telarañas…

—*Vous êtes impossibles!* Lo haré yo —anunció Rochelle, reaccionando con palpable frustración.

—Bueno, tus garras son perfectas para abrir cosas —añadió Robecca en voz baja mientras Rochelle rasgaba las telarañas, dejando a la vista otro muñeco maldito.

Los ojos grandes y negros de la figura de bordes dentados parecían clavarse, amenazantes, en Rochelle, lo que le cortó el aliento momentáneamente. Durante un fugaz instante se transportó fuera de sí misma, hasta un lugar donde comprendió el miedo irracional que los demás sentían ante los muñecos, los gatos y cosas por el estilo.

Deseando destruir su miedo, en el sentido más literal, se puso en cuclillas y golpeó el muñeco contra el suelo. Tras efectuar una pausa durante unos segundos, volvió a aplastar el muñeco contra el suelo, golpeando cada vez con más fuerza, hasta que empezaron a saltar pequeñas astillas de madera.

—Mmm, es bastante probable que se haya abierto —declaró Venus con una nota de ironía.

Entonces, Rochelle estampó el muñeco contra el suelo una vez más.

—Ah, es verdad —respondió con voz suave la chica de granito.

—¿Hay algo de lo que te apetezca hablar? —preguntó Robecca a Rochelle mientras lanzaba a Venus una mirada de preocupación.

—¿A qué te refieres? —contestó Rochelle con su habitual tono pragmático.

—Le has dado una buena tunda a ese muñeco —observó Venus señalando la figurilla destrozada.

—Ah, ¿sí? —preguntó Rochelle a su amiga.

—Humm, sí, eso es. Por unos instantes fue una especie de combate gárgola-contra-muñeco —respondió Venus elevando las cejas.

Reacia a admitir su lapso momentáneo en la tierra de las supersticiones absurdas, Rochelle se encogió de hombros y se dispuso a terminar de abrir el muñeco.

Plegada en el interior se hallaba una pequeña y arrugada nota envuelta en telarañas. Tras retirar los hilos con cuidado, Rochelle desdobló lentamente el papel.

—«Llegan mañana» —leyó Rochelle en alto y, a continuación, soltó un suspiro, sin duda desbordada por la información.

—¿Mañana? ¡Habría preferido mil veces que dijera dentro de un mes, o de un año! A ver, no estamos preparadas para enfrentarnos a esas criaturas, ¡ni hablar! —gimoteó Robecca con creciente histeria mientras expulsaba vapor por las orejas.

—Robecca, ponerse de los tornillos no sirve de nada —declaró Venus con firmeza.

—Pero ¡llegan mañana! Y, técnicamente hablando, ¡solo quedan unas horas para mañana! ¿Vendrán justo a medianoche? O ¿más avanzado el día? Lo menos que podrían haber hecho era decirnos la hora exacta —parloteó Robecca sin ton ni son.

—Dame eso —ordenó Venus al tiempo que agarraba la nota, la arrugaba hasta formar una bola y se acercaba a Ñamñam—. Abre la boca, amiguita.

Sin más, la planta se tragó la bola de papel... de un solo bocado.

—Nunca se me habría ocurrido que la capacidad de Ñamñam para comer de todo nos iba a resultar tan útil —comentó Rochelle, genuinamente impresionada.

—Mañana, llegan mañana —murmuraba Robecca mientras abrazaba a Penny con fuerza, con demasiada fuerza para el gusto del pingüino hembra.

—¿Qué tiene mañana de especial? —preguntó Venus clavando la vista en el muñeco maldito a medio destrozar.

—Factor M∴.. —respondió Rochelle mirando el calendario en su iAtaúd.

A medida que el mundo exterior sucumbía a un caos meteorológico que incluía vientos huracanados, precipitaciones de granizo y lluvias torrenciales ininterrumpidas, Robecca, Rochelle y Venus se prepararon para lo que con toda seguridad sería una jornada plagada de incidentes.

—¿No deberíamos advertir a la gente? ¿Contar lo que dice la nota? —preguntó Robecca mientras salía de la cámara de Masacre y Lacre con Penny fuertemente sujeta bajo el brazo.

—Por si no te has dado cuenta, somos parias sociales, nadie nos va a escuchar. Gracias a nuestra amiga «anónima», es decir, Toralei, el instituto completo considera que somos las infames «criaturas» —explicó Venus pasando bajo la cortina de telarañas de la residencia—. Y luego está lo de las arañas: ¿cómo encajan en todo esto?

—Y ¿si hay un susurrador de arañas entre nosotros? —reflexionó Rochelle en voz alta.

—Se necesitaría un pequeño ejército de arañas solo para acarrear los muñecos, las notas… y no digamos los gatos —respondió Venus—. Y hasta ahora no hemos visto ni una sola.

Un enervante estrépito dio la bienvenida a las tres amigas cuando accedieron al pasillo principal. El viento seguía bramando en el exterior y los árboles se tronchaban, el mobiliario de jardín se volcaba y casi todo cuanto no estaba sujeto al suelo salía volando.

Mientras trataba de ignorar el discordante traqueteo de la tormenta, Rochelle divisó a Truco y Trato e instintivamente los llamó.

—¡Truco! ¡Trato! ¡Hola!

Pero los troles se negaron a responder; ni siquiera miraron en su dirección.

—¿Truco? ¿Trato? —volvió a llamarlos Rochelle, esta vez en voz más alta.

—No quieren hacerte caso, Rochelle. No te lo tomes a mal. Están asustados, nada más —explicó Venus.

—No me sorprendería. Deuce me envió un *e-mail* esta mañana en el que decía que Cleo ya no se siente a gusto permitiéndole dar clase a los troles conmigo —se lamentó Rochelle no sin cierto pesar.

—Ser impopular resulta sorprendentemente agotador —comentó Venus mientras ahogaba un bostezo.

—Perdón, chicas —dijo la señorita Alada—. ¿Puedo interrumpirlas un momento?

—Mmm, sí, claro —respondió Venus con reticencia.

—Al parecer, las tres están siendo víctimas de una gran cantidad de rumores injustos. Y creo que sé cómo se sienten. Después de los acontecimientos del trimestre pasado, unos cuantos monstruos me siguen mirando con desconfianza, convencidos de que estoy tramando algo. Algunos incluso me han estado siguiendo, vaya que sí —dijo la señorita Alada con toda intención mientras los ojos se le cuajaban de lágrimas—. Resulta difícil enfrentarse a las miradas, no tomárlo mal. Pero, no lo olviden, solo es el miedo lo que nubla la opinión de los monstruos sobre ustedes. Y en esos momentos, esos momentos horribles que estremecen el alma, ¿saben qué me recuerdo a mí misma? Que, al final, todo pasa. Concéntrense en capotear el temporal con toda la elegancia y la compasión de las que sean capaces.

—Gracias, señorita Alada —dijo Robecca con sinceridad, a todas luces conmovida por las palabras de la dragona.

—Y dicho esto, mi invitación a tomar té con ogritos sigue en pie —dijo ella, y acto seguido se secó los ojos con un pañuelo de papel y se alejó caminando con elegancia.

—Definitivamente supera a Jennifer Lóbez. A ver, ha sido una actuación impresionante —murmuró Venus.

—¿Estás segura de que ha sido una actuación? —preguntó Robecca—. ¿Es posible que hayamos malinterpretado lo que escuchamos acerca de su plan? Tal vez hablaba de su plan profesional aquí, en Monster High.

—*Buu là là*, Robecca. No pensarás eso en serio, ¿verdad? —preguntó Rochelle—. No puedes pensar de ninguna manera que alguien fuera reptando por un hueco en el techo para hablarle sobre la posibilidad de obtener un puesto de profesora titular.

—No, me imagino que no. Es solo que parecía tan auténtica; pero, como acabas de decir, es una estupenda actriz —admitió Robecca.

—Resulta interesante que precisamente hoy haga todo lo posible, llegando incluso a las lágrimas, para intentar ganarnos —reflexionó Venus—. Es evidente que quiere mantenernos alejadas de su pista.

—¿Quién sabe decirme cómo crear el compuesto molecular necesario para preparar suero fungicida para los cabezas de calabaza? —preguntó el señor Corte a la clase mientras se frotaba sus pequeñas orejas de duende y esperaba un voluntario.

Al fondo del aula, una pequeña mano gris salió disparada al aire, agitándose de lado a lado con entusiasmo, desesperada por granjearse la atención del señor Corte.

—Madre mía, mira que eres masoquista —comentó Robecca a Rochelle al tiempo que negaba con la cabeza.

—Rochelle, me duele decirlo, pero baja la mano. No te va a preguntar —susurró Venus a Rochelle.

—Pero es que sé la respuesta correcta.

—Y sabemos cuánto te gustan las respuestas, pero todos los alumnos de la clase piensan que somos una amenaza para Monster High. Si te pide que respondas, se desatará el caos en el aula —explicó Venus; justo entonces, se escucharon interferencias por los altavoces.

—Señorita Su Nami, ¿cómo se enciende esto? —tronó la voz de la directora Sangriéntez por el sistema de comunicación del instituto—. ¿He almorzado hoy? Me siento horriblemente mareada.

—Es porque tiene una fuga en el cuello, señora —la-

dró la señorita Su Nami—. Ah, y todo el instituto nos está escuchando.

—Bueno, en ese caso... Hola, monstruos y monstruas, les habla su directora. Acabo de tener una

conversación con el jefe de policía, quien me ha informado de que la tormenta ha derribado al menos vein-

te árboles y postes telefónicos en la carretera que dis-
curre entre nuestro instituto y la ciudad, así que en
interés de todos los implicados, el alumnado al completo pasará la noche en Monster High por primera
vez en la historia del centro.

—No se olvide de Factor M —recordó la señorita
Su Nami a la directora Sangriéntez.

—Pero se seguirá celebrando el concurso Factor M,
el cual, como se ha acordado en la cumbre para la
paz entre Toralei y Cleo, carece de tema de ambientación oficial. O tal vez sea mejor pensar que cada uno
de los artistas puede decidir su propio tema...

CAPÍTULO
dieciséis

equeñas velas blancas bordeaban los pasillos del vampiteatro, arrojando largas y distorsionadas sombras sobre las fastuosas paredes color púrpura. Tras haber sufrido un apagón horas antes, el instituto funcionaba solo gracias a la luz de las velas y el ingenio.

—Escuchen, entidades no adultas —vociferó la señorita Su Nami a los alumnos a medida que entraban en fila al vampiteatro tenuemente iluminado para la función de Factor M—. Gracias por venir en pijama. En cuanto termine el concurso, se colocarán en fila en el pasillo principal, momento en el que la señora Atiborraniños y yo les entregaremos sacos de dormir. Tenemos la suerte de que la señora Atiborraniños cuenta con un armario de ropa blanca muy bien provisto, al haber impartido clases en Monster High durante tantos años.

—Hola, Robecca —saludó Cy con tono sumiso mientras seguía de cerca a las tres amigas, que entraban en el auditorio.

—Vaya, me sorprende que te acuerdes de mi nombre —resopló Robecca con sarcasmo.

—No te entiendo…

—Cy, ¡eres peor que una caldera vacía!

—Ah, ¿sí?

—Creía que eras un amigo de verdad, pero resulta que estaba equivocada. Desapareciste en el mismo instante que todos los demás —acusó Robecca mientras soltaba vapor por las orejas, la nariz y los ojos.

—Tienes razón, eso hice…

—Y merezco algo mejor de mis amigos —replicó Robecca.

—Verás, de eso se trata precisamente. No quiero ser tu amigo.

—Cy Clops, eres el más desagradable…

—¡No, espera!

El chico de un solo ojo respiró hondo mientras se preparaba para expresar lo más deprisa posible todo cuanto deseaba decir desesperadamente.

—La única razón por la que he estado alejado de ti era acopiar el valor para pedirte que te sentaras a mi lado durante la función —soltó Cy a toda velocidad.

—¡Chispas chamusquizantes! Eso sí que no me lo esperaba —dijo Robecca, que se inclinó y plantó un beso en la mejilla de Cy—. Será un honor sentarme a tu lado.

Cy sonrió como un cabeza de calabaza y siguió a las tres amigas hasta sus asientos.

—¡Todas las entidades no adultas se sentarán ahora mismo! —gritó desde el escenario la señorita Su Nami.

—¿Es cosa mía, o somos los únicos rodeados de asientos vacíos? —preguntó Rochelle mientras paseaba la vista por el vampiteatro iluminado con velas.

—¡Retuercas! Si no estuviera tan emocionada porque Cy sigue siendo nuestro amigo, me ofendería —parloteó Robecca alegremente.

El primer concursante en subir al escenario para la esperada función de Factor M fue nada más y nada menos que Freddie Tres Cabezas, quien utilizó sus tres bocas para hacer malabares con pelotas. Si bien no fue una actuación memorable, los alumnos agradecieron la fuente de distracción, exceptuando a Robecca, Rochelle y Venus. Sabiendo que las «criaturas» no tardarían en llegar, las monstruoamigas no tenían más remedio que mantener los ojos y los oídos bien abiertos.

—Buen trabajo, Freddie —dijo Toralei con tono monocorde y no poco sarcasmo mientras entraba en el escenario al final de la actuación—. Nunca he intentado hacer malabares, pero seguro que si lo hiciera, sería impresionante, en plan superestrella total.

—Di lo que quieras, Toralei, pero todo el mundo sabe que en cuanto a malabarismos nadie supera a las momias —espetó Cleo al pasar junto a Toralei dándole un empujón—. La siguiente actuación corre a cargo de Frankie Stein.

Frankie, vestida de blanco de la cabeza a los pies y con un gorro de cocinero grande y ahuecado, llegó al escenario empujando un carrito. Tras ajustarse el gorro y el delantal, la chica de piel verde se aclaró la garganta y empezó a cantar.

—*Una noche en la terrorcocina estaba, cuando una visión me dejó electrizada. Dos papas ralladas y también un huevo. Una sartén y un estómago con un agujero. Cociné los bocaditos. Bocaditos monstruosos.*

Sí, supermonstruosos. Fue un festín fabuespantoso —cantó Frankie a ritmo de rap al tiempo que elaboraba en el escenario los bocaditos de puré de papa.

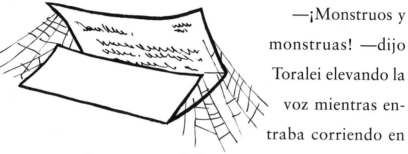

—¡Monstruos y monstruas! —dijo Toralei elevando la voz mientras entraba corriendo en escena, interrumpiendo la actuación musical-culinaria de Frankie—. Tenemos que decirles algo urgentemente.

Justo a sus espaldas, calzada con zapatillas de tacón alto, se encontraba Cleo, con el mismo aspecto angustiado.

—Es muy serio —añadió Cleo con solemnidad.

—Si se trata del tema de la función, me va a dar un ataque —murmuró Venus para sus adentros.

—Mientras nos retocaban el maquillaje, un zombi de La Quimera Mensajera llegó con un paquete. Y como Cleo necesita mucho más maquillaje que yo, me encargué de firmar el recibo —expuso Toralei con tono teatral.

—Y, claro está, al ver que Toralei había firmado la recepción de un paquete, exigí verlo de inmediato —explicó Cleo secándose las lágrimas—. Como es natural, me preocupaba que estuviera intentando jugarme una mala pasada en relación al tema de Factor M.

—Pero sobra decir que no era así —intervino Toralei.

—Bueno, el caso es que al abrir el paquete, me encontré con una enorme bola de telarañas, dentro de la cual había una carta —explicó Cleo mientras desdoblaba una hoja de papel y se disponía a leerla en alto—: «Hemos secuestrado a su directora y no la liberaremos hasta que estén encerrados tras un muro. No deseamos usurpar su territorio. Les permitiremos conservar el terreno que se encuentra dentro de los actuales límites de la ciudad de Salem. Pero ya no nos sentimos a salvo viviendo tan cerca de unos monstruos como ustedes». Eso es todo lo que dice.

La señorita Su Nami subió al escenario a toda velocidad, esparciendo agua por doquier, y arrancó la carta de las manos de Cleo. Mientras la delegada de desastres de Monster High examinaba la nota y, lentamente, asimilaba la espantosa información, la histeria se desató en el vampiteatro.

—¡Son los normis! ¡Las «criaturas» son los normis!

—¡No son Robecca, Rochelle y Venus! ¡Son los normis!

—Los normis van a encerrarnos como animales, ¡van a controlar todos nuestros movimientos!

—No me creo esas bobadas sobre los normis ni por casualidad. En el último medio siglo no ha habido ningún incidente de importancia entre normis y monstruos. Pasó aquello del baile, es verdad, pero ¡nada más! ¿Por qué iban los normis a adoptar una actitud tan hostil? La respuesta es que no se les ocurriría —susurró Venus a Rochelle, a Robecca y a Cy.

—Tienes razón, pero aún queda el asunto de por qué a alguien le interesa que pensemos que son los normis.

—¿Se han fijado en lo que dijo Toralei? ¿Que la nota estaba envuelta en hilos de araña? —señaló Robecca—. Tenemos que seguir los hilos. Hay algo raro en todas esas telarañas.

Mientras Robecca, Rochelle, Venus y Cy abandonaban a hurtadillas la multitud cada vez más inquieta que abarrotaba el vampiteatro, una figura envuelta en sombras los siguió de cerca. Una vez en el pasillo, Venus hizo señas a Rochelle, Robecca y Cy para que la siguieran hasta el laboratorio del científico loco y desquiciado con objeto de tener un poco de intimidad.

—Es evidente que esa tontería sobre los normis tiene el fin de utilizar nuestro propio miedo para controlarnos. En el fondo, a todos los monstruos nos preocupan los normis. Es algo instintivo —musitó Robecca al tiempo que se sentaba en uno de los bancos del laboratorio. Un ligero vapor borró las arrugas de sus pantalones de pijama.

—Estoy de acuerdo —añadió Cy—, a los cíclopes nos educan para que seamos precavidos con los normis. No porque vayan a hacernos daño, sino porque no nos comprenden.

Una voz suave llegó desde la puerta.

—Disculpen, tengo algo que decirles.

—¿Spectra? —dijo Venus con evidente sorpresa.

—Tiene… tiene que ver con mi fuente anónima —tartamudeó Spectra con reticencia mientras avanzaba flotando y su camisón ondeaba al aire.

—¿Te refieres a Toralei? —preguntó Venus.

—¿Toralei? ¡Qué dices! —repuso Spectra—. Conozco a Toralei desde hace años y, hazme caso, jamás la usaría como fuente anónima. Diría lo que fuera sobre cualquiera, en cualquier momento, solo para sentirse superior.

—Si no ha sido Toralei, ¿de quién se trata? —presionó Rochelle a Spectra.

—El monstruo llevaba una máscara, pero su figura delicada, junto a su larga melena roja y su atuendo, me hizo pensar que era… —Spectra se interrumpió.

—La señorita Alada —concluyó Rochelle con un suspiro.

—Es la única razón por la que escribí el artículo. Pensé que mi fuente anónima era una profesora —aclaró Spectra, abrumada por la culpa.

—Lo entiendo —expresó Robecca, ofreciendo una sonrisa compasiva a la chica fantasma.

—Pero ahí no acaba la cosa… La seguí… hasta el desván.

—¿El desván? —coreó Rochelle, sorprendida.

—¡Uggh! ¿Qué viste? —preguntó Robecca, impaciente.

—Bueno, al principio no vi nada. Todo estaba cubierto de telarañas —balbuceó Spectra, nerviosa.

—¿Pero…? —la instó Venus, preocupada.

—Pero después de abrirme camino entre una capa tras otra de telarañas, llegué a una especie de oficina donde vi una gráfica extraña en la que aparecía una clasificación de los monstruos y las actas de una reunión secreta, y digo «secreta» porque a los asistentes se les atribuía un nombre en clave. Incluso había una copia del horario de la directora Sangriéntez —relató Spectra antes de efectuar una incómoda pausa—. En el rincón...

—¡Ay, madre mía! ¿Qué había en el rincón? —explotó Robecca echando vapor a chorros por las orejas.

—Una... una... una... araña.

—Y ¿tanto misterio por una arañita de nada? —resopló Venus con palpable irritación.

—No he dicho que fuera pequeña —prosiguió Spectra—. De hecho, diría que era por lo menos de mi tamaño, si no más grande.

—Espera un momento. ¿Estás diciendo que hay un descendiente del arácnido en Monster High? —preguntó Venus a Spectra con expresión desconcertada.

—Sí, estoy convencida —respondió Spectra en voz baja mientras asentía con la cabeza.

—¿Un descendiente del arácnido ha estado viviendo en el desván todo este tiempo? —susurró Robecca para sí, obviamente conmocionada por la noticia.

—Bueno, al menos ya sabemos quién visitó a la señorita Alada —dijo Venus a Robecca y a Rochelle.

—No es de extrañar que no viéramos ninguna araña. Solo había una, y gigantesca —declaró Robecca mientras expulsaba vapor por la nariz.

—Robecca, *s'il vudú plaît,* no te pases con el vapor —advirtió Rochelle colocando una mano de granito sobre el hombro de su amiga.

—¿Qué dijo la araña al verte? —preguntó Venus.

—Estaba dormida en su telaraña —contestó Spectra—. Me daba pavor que mis cadenas la despertaran, pero por suerte no fue así.

—*Pardonnez-moi*, has dicho que allí arriba había una copia del horario de la directora Sangriéntez, ¿verdad? —preguntó Rochelle a Spectra.

—Sí. Por descontado, en ese momento no le di ninguna importancia; pero en cuanto me he enterado de que han secuestrado a la directora Sangriéntez, he sabido que se lo tenía que contar a alguien —afirmó Spectra en voz baja, aún atemorizada por el sobrecogedor desarrollo que estaban teniendo los acontecimientos.

—Pero ¿por qué a nosotros? —preguntó Robecca, cuyo vapor iba desapareciendo poco a poco.

—Me imaginé que si ustedes pudieron detener un susurro, salta a la vista que son la mejor apuesta de Monster High para encontrar a la directora Sangriéntez.

—¡Madre mía! —exclamó Robecca con un grito—. ¿De veras somos la mejor apuesta? No es por ofender, pero resulta un poco espeluznante.

—Sé a qué te refieres —dijo Venus con un suspiro—. ¡Y yo que solo quería divertirme en la fiesta de pijamas!

—A ver, tenemos que poner manos a la obra, porque no solo somos la mejor apuesta para la directora Sangriéntez… ¡Somos la única! —declaró Rochelle con solemnidad.

Continuará…

la autora

Gitty Daneshvari, de padre iraní y madre estadounidense, nació en Los Ángeles (Estados Unidos). Como ella misma cuenta, de pequeña no paraba de hablar, y cuando su familia se cansó de escucharla se refugió en la escritura. Actualmente vive en Nueva York y... ¡sigue hablando muchísimo! Su primera obra conocida internacionalmente fue *Escuela de frikis*.

¡No te pierdas la próxima aventura de Rochelle, Venus y Robecca!

Si quieres conocer todo lo que pasa en Monster High, no te pierdas el siguiente libro de la serie *Monstruoamigas*. ¡La pasarás de miedo en compañía de Frankie, Draculaura, Clawdeen… ¡y todas tus monstruoamigas favoritas!

Y si aún no has leído el primer monstruolibro de la serie,

¡HÍNCALE EL COLMILLO!

Además, si no conoces las novelas de Monster High, ¡ponte garras a la obra!

¡ELECTRIZANTES!

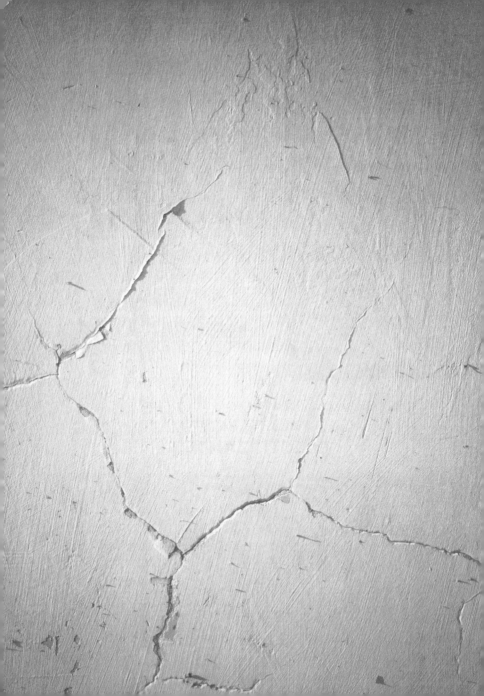